転生したら
才能があった件
3
～異世界行っても努力する～
著 けん
イラスト 竹花ノート

◆マルス◆
◆クラリス◆
◆エリー◆
◆ミーシャ◆

◆カレン◆
火の玉がカレンの意のままに
宙を舞い周囲を駆け巡る。

バロン
ドミニク

転生したら
才能があった件
3
~異世界行っても努力する~
著 けん
イラスト 竹花ノート

◆CONTENTS◆

# 第1話　出発

二〇三一年十一月末日

アイクがリスター国立学校に入学してから三年の月日が流れた。

この三年、俺たちと共に、アルメリアの街も驚異的な成長を遂げた。

蟻《あり》たちとの激闘の爪痕は残っておらず、建物は完全に修復され、街を照らす魔石灯の数は倍以上。その下を昼夜問わず、以前に増して冒険者や住民が街をところ狭しと歩いている。

遠い記憶にある、俺が子供の頃のアルメリアよりも遥《はる》かに人が増えた。

要因はいくつもある。

まずはブライアント家がイルグシアからアルメリアに居を移したことだろう。

これは言わずもがなだと思うので割愛させていただく。

もう一つはイルグシアと同じようにレンガ造りの大規模集合住宅の建設。それをジークが認可した冒険者に格安で貸すことにより、優良な冒険者の確保に成功した。

この大規模集合住宅の間取りは１ＬＤＫ。窮屈な宿屋生活に比べて二十畳以上の広いリビングに寝室。一応炊事するところを設《もう》けてはいるが、誰も使っていない。

その理由こそ、この大規模集合住宅の最大の売りである飯だ。

冒険者たちの不摂生な食生活を正すべく、奴隷のミサとレイを筆頭に腕によりをかけて作る料理は絶品。俺たちもよくここを利用する。

ちなみに飯はここの集合住宅に住む者は無料だ。

そんなにいい環境であれば、冒険者全員を認可しろよと思うかもしれないが、そうするとアルメリアの宿屋が大打撃を受ける可能性がある。

そこを考慮しての認可制にしたのだが、皆認可されようと必死に実力を磨き、この街の冒険者の質が向上するという嬉《うれ》しい誤算もおきた。

またアルコール類も提供しない。

これも宿と同じ理由で、酒場が潰れてしまうからだ。いくら飯が上手くても、冒険者たちはガソリンを求め、酒場へ向かう。

ただこの大規模集合住宅に住んでいるのは冒険者だけではない。

それがこの街がこれだけ賑《にぎ》わう理由の三つ目の理由、ブライアント騎士団の発足だ。

ブライアント騎士団はミサやレイの料理はもちろん、家賃も無料。給金は月に金貨三枚～。

騎士団長や副団長の役職に就けば当然給金も高くなる。

一番の高給取りはブライアント伯爵家第一騎士団団長【蒼の牙《ブルーファング》】リーダーのバンで金貨三十枚。日本円にして三百万。

これを多いと思うか少ないかと思うかは人それぞれ。

冒険者のように毎日危険に身を晒すことなく、歳をとってもブライアント家が存続する限りは給金が出る。さすがに満額ではないが、生活に困るようなことはない。

他の街から移り住んできた冒険者たちは、冒険者として大規模集合住宅の入居を希望するが、数か月もしないうちに、ブライアント騎士団への入団を希望するようになるまでがセットだ。

騎士団は二つ。

主にアルメリアの治安維持、アルメリア迷宮の管理を行う【蒼の牙】リーダーのバンを中心とした第一騎士団。

イルグシアの治安維持、イルグシア迷宮の管理をする【赤き翼】を中心とした第二騎士団。

この二つの騎士団に【黒い三狼星】長男のガイを筆頭にした奴隷の獣人たちが、第一騎士団を援護する形だ。

人数はまだそこまで多くないが、第一騎士団が約百名。第二騎士団が約五十名。獣人の奴隷が約三十名といったところ。

ちなみに【黄刃】やワコルも第一騎士団に所属している。

獣人たちがここまでブライアント家に従うのはバーンズが俺を認めたから……と言いたいところだが、金獅子《きんじし》族であるエリーがブライアント家に保護されたことが大きい。

どうやら金獅子というのはかなり貴重な種族らしく、何百年に一度くらいの確率で誕生する獣人最強の種族とのこと。

バーンズはクーデターによって追われてしまったが、エリーはまた話が別。

次期セレアンス公爵はエリーと思っている獣人が多く、そのエリーの噂《うわさ》を聞きつけた獣人たちがアルメリアに集まっているのだ。

そのエリーは今、屋敷の庭で俺にヘッドロックをしている。

日課のマススパーをしているのだ。

ちなみにまったく痛くない。痛くないどころか、エリーの豊満な胸が頬に当たり、顔がにやけていないか心配になる。

「マルス！　顔！　顔がにやけているわよ！　エリーももういいでしょ⁉」

俺とエリーのマススパーを見ていたクラリスが、いつものように頬を膨らませながら俺からエリーを引きはがす。

やっぱり顔がにやけていたようだ。

「もう、マルスのときだけ組んだりして」

クラリスの言うように、エリーがヘッドロックや寝技をしかけるのは俺だけだ。

【黒い三狼星】や他の獣人たちと戦うときは、まったく自分の身体に触れさせることなく完封する。

また魔物と戦うときは短剣を手にすることが多い。

どうやら汚い魔物に触れたくないという心理が働いているようだ。

そのエリーのステータスはこうだ。

【名前】エリー・レオ
【称号】－

【身分】獣人族・レオ準女男爵家当主
【状態】良好
【年齢】十一歳
【レベル】29（＋14）
【HP】198／198
【MP】68／68
【筋力】94（＋48）　【敏捷《びんしょう》】119（＋63）
【魔力】24（＋11）　【器用】67（＋38）
【耐久】74（＋38）　【運】10
【固有能力】音魔法　G（Lv1／5）
【特殊能力】短剣術　C（Lv7／15）（2↓7）
【特殊能力】体術　A（Lv10／19）（4↓10）
【特殊能力】風魔法　F（Lv2／8）（1↓2）
【装備】風の短剣《シルフダガー》
【装備】風のマント
【装備】風のブーツ

ステータスの見え方が今までと少し違うのは、俺の天眼がレベルアップしたおかげで、見え方を自由に変えられるようになったからだ。邪推はなしで頼む。

この三年でエリーのレベルは俺を追い越した。

迷宮では短剣ばかり使っているのに体術の方が上がるのはやはり才能Aの力だろう。

またジークがエリーを準女男爵家当主としたのは、他の獣人の手前、平民のままでは体裁が取れないからとのこと。

まぁ準女男爵家も平民といえば平民だけど、鑑定結果に平民とは出ないからね。

次に今俺の目の前で木剣を構えているクラリス。

【名前】クラリス・ランパード
【称号】聖女
【身分】人族・ランパード男爵家長女
【状態】良好
【年齢】十一歳
【レベル】34（＋5）
【HP】171／171
【MP】1862／1862
【筋力】86（＋26）【敏捷】90（＋25）
【魔力】118（＋29）【器用】129（＋32）

【耐久】73（＋15）【運】20
【固有能力】結界魔法　G（Lv1／5）
【特殊能力】剣術　C（Lv8／15）（5→8）
【特殊能力】弓術　B（Lv10／17）（8→10）
【特殊能力】水魔法　C（Lv6／15）（3→6）
【特殊能力】風魔法　G（Lv2／5）（1→2）
【特殊能力】神聖魔法　A（Lv11／19）（9→11）
【装備】ディフェンダー
【装備】魔法の弓矢《マジックアロー》
【装備】聖女の法衣《セイントローブ》
【装備】神秘の足輪《ミステリアスアンクレット》
【装備】誓愛の髪飾り
【装備】偽装の腕輪

毎日のように迷宮から帰ってくると俺と模擬戦を行い、接近戦強化と、入学に向けて水魔法の訓練に努めたクラリス。

その努力は裏切ることなく、しっかりとステータスに反映されている。

MPも毎日枯渇させ、十歳を超えた今もなおMPは毎日1上がるのは、転生者ボーナスなのかもしれない。

【名前】マルス・ブライアント
【称号】雷神／風王／ゴブリンスレイヤー
【身分】人族・ブライアント伯爵家次男
【状態】良好
【年齢】十一歳
【レベル】27（+3）
【HP】192／192
【MP】10203／10203
【筋力】122（+22）【敏捷】129（+21）
【魔力】178（+26）【器用】156（+20）
【耐久】118（+21）【運】30
【固有能力】天賦（LvMAX）
【固有能力】天眼（Lv10）（8→10）
【固有能力】雷魔法　S（Lv6／20）（3→6）
【特殊能力】剣術　B（Lv11／17）（8→11）
【特殊能力】体術　G（Lv2／5）（1→2）

【特殊能力】火魔法　Ｆ（Ｌｖ７／８）（６→７）
【特殊能力】水魔法　Ｆ（Ｌｖ５／８）（Ｇ→Ｆ）（３→５）
【特殊能力】土魔法　Ｆ（Ｌｖ７／８）（Ｇ→Ｆ）（４→７）
【特殊能力】風魔法　Ａ（Ｌｖ16／19）（15→16）
【特殊能力】神聖魔法　Ｃ（Ｌｖ８／15）（７→８）
【装備】火精霊の剣《サラマンダーソード》
【装備】偽装の腕輪

順に説明すると、まずレベル。レベル25を超えてからというものかなりレベルが上がりづらくなった。もう脅威度Ｄの魔物を何体倒しても上がらないのではないか？　と思えるほどだ。

次にＭＰ。ＭＰは十歳までは毎回枯渇するたびに増えていたが、十歳になると一日に１ずつしか増えなくなった。

まぁそれはある程度予想していたが、どうやら上限というものはなく一万を超えた。

蟻たちとの戦いの後の復興のため、レンガを作り続けていた毎日。

それにより土魔法が一気にレベルが上がり火魔法と同じレベルに。水魔法も積極的に使い、四大魔法すべて才能がＦ以上となった。

ただ雷魔法だけはあまり訓練ができなかった。理由は常にエリーが一緒にいるからだ。

何度もエリーに感電した魔物に触れてもらい、耐性があるかないか試してもらおうともした。

エリーが転生する際、俺たちと同じように雷に撃たれて死んだという可能性が天文学的数字かもしれないがある。

しかし、考えるだけで結局俺にはそれができなかった。それでも雷魔法のレベルが上がったのは、早起きしてコソ練していたおかげだ。

そして予想外だったのが体術だ。才能Ｇだからもうレベルが上がらないと思っていた。

魔法と違い、大量のＭＰによるアドバンテージがあるわけでもない。

なのにレベルが２に上がったのだ。

アイクも入学前まで【黒い三狼星】と組み手を積極的に行っていたが、ついに体術の才能は開花しなかった。

レベルが２に上がった今も体術ではエリーに勝てないんだけどね。

《風纏衣《シルフィード》》を展開すれば勝てるとは思うけど、勝つことが目的じゃないからな。

この三年で体の方もかなり成長した。

俺は十二歳を前に身長百七十センチメートルを超え、十歳から筋トレを開始したため、細身ながらもかなりの筋量。まだ転生前の方が身長は大きいが、体重は今の方が多い。

だが俺よりもクラリスとエリーの成長のほうがエグかった。

出るとこは出て、引っ込むところは引っ込む。

二人とすれ違うと、男女問わず誰もが振り向く。

クラリス曰《いわ》く、すでに転生前よりもスタイルがいいとのこと。

しかも肌年齢は昔と一切変わらない。

この肌に関しては俺も同じで、体にシミや出来物が一切できない。

マリアが言うにはこれは神聖魔法使いの特徴とのことだ。

エリーもクラリス以上に成長しており、先ほどのようにヘッドロックや寝技に持っていかれたとき、下手に暴れると事故が起こりそうなので、そうなったら俺は無抵抗になる。

エリーも触れていたいだけで特にそれ以上のことはしてこないので残念ながら安心なのだ。

何より一番変わったのは俺たちの関係性。

正式にクラリスを俺の婚約者とし、クラリスと結婚後、エリーを側室に迎えるとジークが決定した。

この件に関しては、ブライアント家だけの意志ではなく、クラリスの意志も含まれている。

エリーはとても可愛《かわい》く、俺のことを慕ってくれている。

俺自身エリーに対して好意を持っているのは事実だ。

しかし、それでクラリスの気持ちを裏切るわけにはいかない。

そのことをクラリスと話したのだが、意外にもクラリスはエリーが側室になることをあっさりと受け入れたのだ。

あまりにもあっさり側室の件を承諾したので、本当は俺のことを好きじゃないのでは？　という気持ちに苛《さいな》まれたが、そうではなかった。

実はグランザムを出発する前、クラリスの両親であるグレイとエルナに側室の件を聞かされていたというのだ。

有力な貴族の息子や、将来が有望視される者には何人もの婚約者があてがわれるという。

グレイとエルナも、俺には何人もの側室が加わるだろうと話はしていたらしい。

だからクラリスは側室のことを詳しく知っており、覚悟はしていたとのこと。

クラリスも、エリーが本当に俺のことを愛しているというのが伝わってきたと話していた。

政略結婚であてがわれる者が側室になるくらいであれば、一緒に俺を支えてくれるであろうエリーの方がいいと、迷う俺の背中を押してくれもしたのだ。

そんな二人は共に過ごすことが多い。アルメリアの屋敷でも二人は同部屋だ。

元々は別々だったのだが、俺と一緒に寝られないのであれば、せめてクラリスと寝るとのことで、エリーからクラリスの部屋の扉を叩《たた》いたのがきっかけだ。

俺からすれば二人の仲が良いのは嬉しい限り。ずっとこのままでお願いしたいものだ。

「三人とも。もう終わりにして。お風呂に入って。こうやって過ごす最後の日だからみんなで食事をしましょう」

クラリスと訓練中に、マリアが呼びかけてくる。

そう、俺たちは明日アルメリアを発ち、リーガン公爵領領都、学術都市リーガンへ向かう。もちろん受験のためだ。

試験は十二月下旬から。早いものはその日に合格が言い渡されるらしい。

ちなみにアイクはその日に合格を貰《もら》ったようで、同行したジークの帰りよりも早く、喜びの手紙が届いた。早馬って昼夜走り続けているのな。

「三人のことだから受験の心配はしていない。だがお前たちは良くも悪くも注目される。マルス、クラリスとエリーを頼む。クラリスとエリーもマルスのことを頼むぞ」

いつもより長い夕食をジークの言葉で締め、アルメリアでの出来事を思い出しながらベッドに潜った。

# 第2話　受験戦争

「うわぁ……凄く大きな街……でも人がそれ以上に多いわね……」

アルメリアを発《た》ち約一か月。北東を目指した俺たちは、ついに学術都市リーガンに着いた。

アイクの時とは違い、ジークや護衛の者は同行せず三人でだ。俺たち三人に護衛の必要はないからな。

街の中心へ向かう丸《まる》の内《うち》の仲通りの倍以上はあるであろう道には、街路樹と立派な石畳が規則正しく並ぶ。

石畳の一つ一つには本のマークが刻印されていた。

この本のマークはリスター連合国十二公爵家の一つでこの街の領主リーガン公爵家の紋章だ。

その石畳の上をまるでどこかのテーマパークか？　と思うくらいの人々が往来している。

だが雰囲気はテーマパークのような楽しいものではない。

行き交う人々は大人子供含め、どこか不安そうな表情を浮かべている。

中には開き直ったような奴もいるが、皆明日の試験が不安なのだ。

そしてその誰よりも緊張しているであろう俺がいる。

大学受験に二度も失敗している俺は、もしもここで失敗すれば三連敗……前世の両親にさせてしまったような辛い顔は見たくない。

俺が落ちてクラリスとエリーが受かるなんてことが起きたら、二人は学校でかっこいい人に口説かれ……。

ダメダメだ！　こんな弱気では！　為《な》せば成る！

こっちの世界に来てからはすべてうまくいっているじゃないか⁉

自分に言い聞かせるように頬を叩く。

「マルス、大丈夫よ。もしもマルスが落ちるようなことがあれば、当然私とエリーも受からないのだから、その時はみんなで残念会をしましょう」

俺の胸中を察したクラリスが、寄り添ってくれると、それを聞いていたエリーも、

「……マルス……一番……受かる……間違いない！」

と、力強く励ましてくれる。

「うん。二人ともありがとう。じゃあ今日の宿を探そう」

二人の優しさに後押しされ、宿を探すべく、俺たちも人ごみの中に紛れる。

「あれってフレスバルド公爵家の火の紋章ではないかしら？」

街の中心まで歩いてくると、明らかに高級宿と言わんばかりの佇《たたず》まいの建物の屋上から火の紋章の幕が垂れ下がっていた。

クラリスが詳しいのは受験勉強の成果。

リスター連合国の十二公爵家の紋章は最初に習うから、さすがに俺でも分かった。

「そうだな。もしかしたら関係者が泊まっているのかもしれないな」

建物の前には火の紋章が刻印された鎧《よろい》を装備している騎士団員の姿が。

よく見ると本の紋章が刻印されている男も警戒にあたっていた。

よほどのＶＩＰが宿泊しているのだろう。

街の中心から南に一キロメートルくらい歩いた先になぜか心惹《ひ》かれる宿があり、迷わずその宿の中に入り値段を聞く。

「一泊二部屋で金貨六枚⁉」

店主の言葉に思わず声が大きくなってしまった。

「ごめんねぇ。この時期はうちらにとっても書き入れ時でね。三年前までは半額くらいだったんだけど、一昨年から受験人数が増えてね。どうやら三年前に受かった人が人気で、ただでさえ倍率の高いリスター国立学校の人気が更に過熱して……」

迷惑な奴め……クラリスとエリーがどうする？　という目でこちらを見てくる。

「分かりました。では金貨六枚で」

かなり高いが、払えない額ではない。

日本円にして六十万円だが、俺の金貨袋はまだかなり重い。

同行者を連れてきていない分、ジークからかなりのお金を渡されているからな。

三人一部屋という選択肢もあるかもしれないが、明日は試験本番。楽しんでいる場合ではない。

おっと誤解しないでくれよ？

俺は未経験。なんならキスすらしたことがないからな。

部屋に案内され、荷物を下ろしてすぐに風呂に入り、三人で宿の食堂で食事を摂る。

本当は学校を見に行きたかったのだが、この人ごみの中、外に出たくないという二人。

無理もない。

二人はどこの街に行っても必ずと言っていいほど男たちに声をかけられる。俺が隣にいるにも拘わらずだ。

たいていの者は、バルクス王国伯爵家次男の婚約者がいると言うと引き下がるが、中にはそれでも二人を自分の女にしたいと思う輩《やから》もいる。

特に他国の者にはこの肩書は通用しない。

そういう輩は実力行使をしてくるので、俺が受けて立つまでがセットだ。

二人を守るには力が必要ということが身に染みた。

まぁ受験を明日に控えた者たちが声をかけてくるとは思えないが、受験者の従者や護衛もいるしな。ここは外に出ないほうがいいだろう。

俺の泊まる部屋にクラリスとエリーを招き、最後の悪あがきをしてからベッドに潜った。


――――運命の試験当日の朝。


「こ、こんなにいるの？」

「これは人酔いするわね」

「……」

宿を出ていざ試験会場に向かおうとしたのだが、あまりにも人が多く、その人の波に入るのに躊躇《ためら》ってしまう。

朝の通勤ラッシュの満員電車並みといっても過言ではない。

それが数キロ続いているのだ。

今日十二月二十六日は受験生や関係者以外、街に出るのは禁止されている。

にも拘わらずこの見渡す限りの人。どんだけ人気なんだよ。リスター国立学校は。

意を決して満員電車に乗り込み、あとは流れに身を任せる。

当然俺の手は上だ。

変な誤解はされたくないからな……が、手を上にすることによってただでさえ皆よりも背が高い俺は注目を浴びてしまう。

「おい、あのデカいの。今年がラストチャンスかもな」

「ああやってなかなか諦められない奴がいるんだよな」

こういう声もあれば、

「あの手を上にしている金髪の彼、カッコ良くない？」

「ヤバい、私目が合った。運命の人かもしれない」

嬉しい言葉もちらほら聞こえる。それを見かねたクラリスが、

「ちょっと、注目されちゃうから手を挙げるのやめてよ」

と、少し頬を膨らませる。

「うん。でも満員電車みたいだろ？　変な誤解はされたくないからな」

俺の言葉に吹き出すクラリス。

「確かにマルスの言う通り満員電車ね。じゃあマルスは私の後ろに立って肩に手を添えててよ。そうすれば変な誤解をされないでしょ？　エリーは私の前。変なことされないように」

エリーがクラリスの前を歩き、俺はクラリスの細く小さな肩に手を乗せ流れに身を任せる。

数時間後、ようやく昨日見たフレスバルド公爵家の幕が垂れている街の中心へ着いた。

試験受けるまでに何時間かかるんだよ……それにテストで何時間拘束されるんだ？

下手すれば試験が終わるころには日を跨《また》いでいる可能性すらある。

他の受験生は疲労の色を隠すことができず、中には街路樹で佇《たたず》む者の姿も。

これもテストの一部なのかもしれないということを二人に伝え気を引き締める。

中心街から北へ歩くこと数十分。明らかに皆の歩みが遅くなった。

遠くには学校の正門と思われる馬鹿でかい門。

その先にはヴェルサイユ宮殿のような立派な建物が。

初めて見る者たちはその壮観な景色に足を止め見惚《みと》れてしまう。

もちろん俺たちもだ。

「綺麗《きれい》……こんなのを見たら絶対に受からなきゃって思うわよね！」

リスター国立学校を見て気合を入れなおすクラリス。

エリーも拳を握り気合十分。

皆が足を止める中歩き始めると、いつの間にかこれから受験をする者は道の右側を歩くようになり、左側からは肩を落とし中心街へ向かう者の姿が。

もう結果が出たのか？

「おい⁉　聞いたか？　今年は12でも落ちるらしいぞ⁉」

「三年前までは10、去年は11だったのにいくらなんでもレベルが上がりすぎだろう⁉」

「それもこれもすべてグレンのせいだ……グレンに憧れる奴が多すぎなんだよ……俺もだけど」

受験生が何やら騒いでいる。12で落ちる？　なんのことだ？

「受験生は右側へ！　三列に並べ！　三列だ！」

少し歩くと、学校関係者が右側三列に並べと声が。三人で一番右端の列に並び、しばらく歩くと、また別の指示が。

「受験生！　右手に受験料の金貨を持て！　金貨以外は受け付けない！」

受験料が金貨一枚。受験料だけで日本円で十万円ってよっぽどだよな。

右手に金貨を握ること数分、ようやくリスター国立学校の正門の全貌が。

銀色の門は豪華に装飾されており、左右の門の中心には本の紋章が刻まれていた。

門は道幅サイズで作られており、これであれば、馬車も余裕ですれ違うことができる。

中央にには左右を分離帯が設けられ、学校へ入る者と、学校から去る者で分けられている。

学校から去る者は皆肩を落とし、泣いている者も少なくない。

あそこから出てきた者は間違いなく受験に落ちた者たちだ。

その落ちた者たちを学校関係者が慰める様子が。

ああはならないと気合をいれてから数分後。

「正門を潜《くぐ》ったらまずは右手に持っている金貨を渡すように！」

指示に従い、金貨を回収している職員に渡すと、職員はバケツの様な物に金貨を入れる。職員の周囲には金色の輝きを放つバケツがずらりと並ぶ。

一体これでいくらくらい稼いでいるのだろうか？

金貨を職員に渡し進むと、右側には値踏みするように俺たち受験生を見つめ、ブツブツ小声で呟《つぶや》く五名の大人たち。

その五名の大人たちをサポートするようにそれぞれ助手が付き、助手は大人の言葉を紙に書き記し、前を通る受験生に紙を渡している。

何をしているのかすぐに分かった。

五名の大人たちは鑑定をしているのだ！

それを助手が紙に書き記し、受験生に渡す。

これが試験。どおりで結果が出るのが早い訳だ。

「一人ずつ紙を受け取るんだぞ！　五名全員からだ！　分かったな！」

鑑定結果に間違いがないように、五人で一人を鑑定しているのか。

一人で鑑定だと、気に入った子がいれば不正とかもできちゃいそうだしな。

金貨を渡し終えるとすぐに三人の先頭を歩くエリーの番となった。

最初にエリーを鑑定した男は驚いた表情を見せ、少しの間エリーを目で追う。

助手も紙を書く際に「本当に合ってますか？」と目を丸くし、鑑定した者が頷《うなず》くとエリーに紙を渡す。

エリーが前に進み二人目から鑑定を受けると、クラリスも先ほどエリーを鑑定した男の前を通る。

クラリスは偽装の腕輪でステータスを半分にし、称号、神聖魔法、一応結界魔法も隠している。

鑑定水晶に固有能力が表示されることはないが、念のためにだ。

エリーの時と同じようにクラリスにも紙が渡されるが、違うのはその後だった。

鑑定をした男と紙を渡した男が、クラリスから視線を逸《そ》らさずに目で追っているのだ。

俺が鑑定をされる準備をしているにも拘わらず。

クラリスは次に鑑定をしてもらっていた男も虜《とりこ》にしていた。

ようやくクラリスから視線を戻した男が俺を鑑定すると、とても渋い顔をする。

なんだ？　偽装の腕輪で隠しすぎたか？

俺は偽装の腕輪では剣術、火魔法、風魔法以外を隠蔽し、ステータスもすべて半分以下。

それでもＣ級冒険者くらいのステータスになるようにはしていた。

もしかしてまだ高すぎたか？　と思っていると、助手に質問される。

「君、名前は？」

初めて口を開いた助手に周囲の受験生が驚く。

名前を聞かれるなんて光栄なことかもしれない。

「マルスです。よろしくお願いします」

はっきりと答えると、助手が紙に何かを書き、それを俺に渡す。

『マルス。〇、〇、〇、〇、×、×』

なんだ？　鑑定は〇×方式か。×二つというのはもしかしたらスキルか？

少し隠しすぎたのかもしれない。

結局俺は五人の助手全員から名前を聞かれ、渡された紙も最初の五項目に関しては一貫性がなかった。

『マルス。〇、〇、〇、〇、〇、×、×』

『マルス。ー、ー。ー、ー、ー、×、×』

『マルス。?、?、?、?、?、×、×』

『マルス。〇、〇、〇、〇、〇、×、×』

『マルス。〇、〇、〇、〇、〇、×、×』

すぐに鑑定を済ませているクラリスたちの後を追おうとしたが、男の鑑定者たちが皆クラリスに心を奪われてしまっていたことと、なにより俺が全員から名前を聞かれていたことによってかなりの時間をロスしてしまった。

その間に俺とクラリスの間に他の列で鑑定を受けた者たちが次々と入り込み、だいぶ距離が開いてしまった。

結果を見せ合いたかったのにと思っていると、二人の職員が俺の前方を歩いていた二人の女の子の手を引き、列から出す。

二人の女の子……それはクラリスとエリーだった。

二人は職員に何かを言われているようで、クラリスは「ありがとうございます」とお辞儀をしており、エリーはというと、職員から何かを言われているがまったく興味を示さず、ただ俺をじっと見つめているだけだった。

受かるとああやって列から出されるのか。

皆がクラリスとエリーを羨むように見ている。

よし、俺も！　と思いながら歩くが、なかなか声をかけられない。

そう思っているのは当然俺だけではなかった。

ここを歩くもの皆、渡された紙に視線を落としたり、俺みたいにキョロキョロと周囲を見渡したり、中には自分はここにいるよと、周囲の職員にアピールする者もいる。

そのアピールしていた者が渡された紙を落とし、それが俺の足元へ飛んできた。

拾って返してやろうとすると、偶然紙に書かれた文字が見えてしまう。

『ジャクリフ。４、３、０、１、４、Ｆ、Ｆ』

え？　何これ？　俺と評価方法が違う？

ジャクリフに紙を返し、他の受験生の紙を覗《のぞ》くとそこには衝撃の結果が。

『ラコミル。２、２、３、３、１、Ｅ、Ｆ』

すべてを理解した。

これは上から筋力、敏捷、魔力、器用、耐久の十の位の数値だ。

恐らくその下のアルファベットは特殊能力で、一番下のアルファベットは総合評価。

つまり俺の○はマルではなく、0《ゼロ》なのだ。×というのは圏外か何か……でもどうして？　自分のステータスを鑑定するがそこには三桁の数字が並んでいた。

もしかして三桁だと不正か何かだと思われ落とされる……？　いや、エリーは落とされていないし、三年前のアイクもアルメリアを発つ前にはすでに筋力値は三桁。

もしかして偽装の腕輪が壊れて変な数値を叩きだしている？

そう思い偽装の腕輪を鑑定するも、特に変わった様子はない。

そんなことを思いながら歩いていると、決定的な出来事が起きた。

俺よりも後ろを歩いていた受験生が職員に連れ出され、列から出たのだ。

ということはもう俺は落ちた？

そう思ったのは俺だけではないようで、俺の近くを歩くものたちは皆、顔面蒼白《そうはく》。中には泣き崩れる者の姿もあった。

落ちた――――

こんなにも頑張ったのに……同時に前世で受験失敗したときの記憶がフラッシュバックする。

また俺はあんな思いをするのか……ジークやマリアにも辛い思いをさせることになってしまう。

両親だけではない。クラリスとエリーにも……もしかしたら二人に愛想をつかされてしまうかもしれない。

そう思うと怖くて二人の方を振り返ることができず虚無感が俺を襲う。

ただただ人の流れに身を任せて、正門の出口へとＵターンしながら押し出されるように向かう。

俺たちが入ってきた正門の反対側にも職員がおり、肩を落とす受験生たちに優しく声をかけていた。

中には受験結果に不服な受験生が暴れ、それを取り押さえる職員も。

その職員の声が周囲に響く。

「テメェ！　大人しくしやがれ！　その悔しさをバネに励め！　自分が納得できるまでだ！　それでも報われないこともある！　でもそれが普通だ！　でなけりゃこの世は全員Ａ級冒険者！努力が必ず実るとは限らねぇ！　それでもやり続けるしかねぇんだよ！」

まるで俺が言われているようだった。そうだよな……落ちたらまた頑張るしかないんだよな。

言葉遣いはかなり悪いがいいこと言うな。少し前向きな気持ちになれた気がした。

今の言葉を胸に再度頑張ろう！　俺には努力することしかできないからな！

そう心に決めたとき、突然俺を呼ぶ女性の声が聞こえた。

「マルス⁉　あなたマルスよね⁉」

声のする方を見ると、そこには三年前とまったく変わらぬサーシャの姿が。

何故リスター国立学校にＢ級冒険者のサーシャが？

そんな疑問も湧いたが、俺は受験に失敗したばかり。

少し前向きになれはしたが、今は一人でいたい気分。

軽く会釈だけし、その場を去ろうとすると、突然右腕を誰かに掴《つか》まれた。

「マルスだぁ⁉　なんで俺が認めた奴が受験失敗してやがる⁉」

すぐに俺の右腕を掴んだ奴の方を向くと、ガナルの街で俺と一戦交えた顔面凶器ことキュルスが至近距離で睨《にら》みつけてきた。

どうしてキュルスがここに……？

一番似つかわしくない者の登場に俺の頭が悲鳴を上げる。

「お、お久しぶりです。キュルスさん」

あまりもの突然の出来事に平静を装うのに必死の俺。

「テメェ！　三年間サボりやがったなぁ⁉」

サボる⁉　俺が⁉　そんなわけない！

確かにクラリスとエリーの二人と過ごす日々は楽しかったが、一日たりとてサボった日などはない！

「サボってなどいません！　僕なりにですが努力し続けました！」

「んなわけあるか！　八歳の時点で俺と張り合える奴が試験に落ちるわけねぇ！　こっちに来い！　性根を叩きなおしてやる！」

キュルスが苛立《いらだ》ち、声を荒げる。

その姿に受験生は怯《おび》え、中には泣き出す者も。

「ちょっとキュルス!?　ここでやめなさい！　取り敢えずマルスはこっちに来て」

落ちた受験生をかき分け、俺の下まで駆け寄るサーシャ。

周囲の受験生がざわつく中、俺の手を引き列の外に出ると、そのまま受験生たちが見えないところまで連れていく。

「マルス？　紙を渡されたでしょ？　それを見せて？」

言われるがまま、サーシャに〇だらけの紙を渡すと、

「何よこれ!?　すべてのステータスが10未満ってこと!?」

俺たちについてきたキュルスもその結果が信じられないらしく、細く鋭い目を見開く。

「マルス？　もしかしてあなたこの三年間でとてもまずいことでもしたのでは？」

サーシャにあらぬ疑いをかけられる俺。

「そんなことはしていないと思うのですが……」

否定する俺の言葉を、キュルスが遮る。

「テメェ！　やっぱあのとき闇落ちしてやがったんじゃねぇか!?　それをリーガン公爵が嗅ぎつけて落としたとしか考えられねぇ！」

そんなことを言われても自分の身の潔白を証明するのは難しい。

それにこの人たちが言う悪いこととはどの程度のことかも分からない。

当然殺人とかはしていないが、クラリスとエリーに絡んでくる輩を成敗したことはこれまでに何度もある。その中にはやりすぎだろと思われるようなこともあるかもしれない。

二人に疑われ少し不安に駆られているところに、職員に追いかけられながらこちらにクラリスとエリーが走ってくる。

「「マルス！」」

クラリスが俺の右側、エリーが俺の左側に立つと、サーシャが目を丸くする。

「あ、あなたクラリスよね……？　マルスの成長にも驚いたけど、あなたもう私と同じくらい……いくらなんでも……」

何かを言いかけてサーシャが慌てて口を噤《つぐ》む。

「お久しぶりです。サーシャさん。どうしてサーシャさんがここに？　それにキュルス……さん？　までどうして？」

俺が聞きたかったことを聞いてくれるクラリス。

それに答えるサーシャから衝撃の言葉が。

「ええ。私は今年からリスター国立学校の職員となったの。キュルスはあなたたちと出会ったときにはすでにここの職員よ。理由《わけ》あって様々な地を転々としていたけれども」

この顔面凶器が先生⁉　思わずクラリスと顔を見合わてしまった。

するとクラリスとエリーを追ってきた職員がサーシャに問いかける。

「サーシャ先生はこの二人のお知り合いで？」

「ええ。クラリスのことは知っているけど、もう一人の子は今日初めて会ったわ」

「そうですが。であれば、エリー様はSクラスが確定しております。クラリスに関してもSクラスかAクラスになるかと思います」

職員の報告に首を傾《かし》げるサーシャ。

「ちょっと待って？　エリー様って……この子はどこかのご令嬢？　もう受験できる歳を過ぎているとは思うのだけれども？」

え？　リスター国立学校って受験に年齢制限あるの？　ってことは今年ダメであれば来年、来年ダメであれば再来年なんて悠長なことは言ってられない。

「はい。実はこのエリー様。外見こそ人族ですが、鑑定結果は獣人と出ており、恐らくは次期セレアンス公爵家当主になられるお方かと。たまたま鑑定した者がエリー様のことを知っていていたので間違いはないかと思います」

「「え!?」」

その言葉にサーシャだけでなくキュルスまで声を上げて驚く。

「エリー。こちらの二人はエリーと会う前に、俺とクラリスのことを助けてくれた二人だ。俺とクラリスがミーシャという子と文通をしていただろう？　サーシャさんはそのミーシャのお母さん。エリーも自己紹介をしてごらん」

簡単にサーシャとキュルスのことをエリーに教えてから自己紹介を促す。

「……エリー・レオ……十一歳……マルス……婚約者……」

年齢を言ったのは受験できる歳だと言いたかったのだろう。

「こ、婚約者って……クラリスも当然……？」

当然の疑問をサーシャが投げかけてくると、クラリスが笑顔を見せ答える。

「はい。私もエリーと同じくマルスと婚約することができました」

クラリスの言葉に手を額に当てながら何かを呟くサーシャ。

あまりよく聞き取れなかったが、ミーシャが大変というワードは聞こえた気がした。

「あのー……聞きづらいのですが、僕の受験結果はどうなっているのでしょうか？」

落ちるにしてもあやふやなまま落ちたくはない。

はっきりと言ってもらえば少しは気持ちも楽になるかもしれない。

が、そんな俺の言葉にエリーとクラリスが続く。

「……マルス……落ちる……私……行かない……」

「私も行く理由がないので辞退させていただきます」

二人の言葉に慌てるサーシャと職員たち。

どうやら学校側としてはエリーが入学しないとかなり困るようだ。

しかし、そんなことで入学できたとしても俺は嬉しくない。

実力で入学したいのだ。

「クラリス、エリー。二人の気持ちはとても嬉しいが、どんな結果になっても二人は入学してくれ。二人がごねたおかげで入学できたとしても俺は嬉しくないし、許せない」

俺の言葉に職員たちはホッと胸をなでおろすが、クラリスとエリーは納得していない様子。

そんな俺たちに対し、サーシャからある提案が出される。

「マルス。残念ながらＵターンした時点で鑑定による試験は不合格なの。でもね、そのＵターンした者の中に光る物を感じとることができれば、ここにいる職員が推薦することができ、もう一度試験を受けさせることができるわ。その試験は実技を伴うのだけれども、ほとんどの年は合格者〇人。それに入学できても仮のクラスとはいえ一番下のクラスの末席。それでもいい？」

サーシャの言葉に最初に反応したのは俺ではなくキュルスだった。

「おう！　その手があったな！　もしオメェがサボってない、もしくは衰えていないというのであれば間違いなく受かる！　やれ！　な⁉　な⁉」

どうやらキュルスは俺に入学してほしいらしく、沈んでいた表情が明るくなる。

そういえば最初にリスター国立学校を勧めてきたのはキュルスだったな。俺としても実技であれば問題ない。

「はい！　よろしくお願いします！」

「分かったわ。キュルスの言う通り昔の力を維持できていれば問題ないはずよ。明日の十二時に正門に来てちょうだい。クラリスとエリーはこのまま学校の中へ」

サーシャの言葉にどうしようかと顔を見合わせる二人。

「もしマルスを信じられないというのであれば、マルスと宿に戻ってもいいわよ？」

試すような言い方に即座に否定するクラリスとエリー。

「マルスのことは信じています！　信じられないのはどちらかというと試験結果の方で」

「……マルス……私より強い……信じてる……」

俺としてもサーシャの言葉には救われた。

俺のせいでせっかくの合格を辞退するなんてことは避けたいからな。

「よし！　じゃあ決まりだな！　明日の十二時にここで！　絶対に来いよ！」

キュルスはそう言い残し正門の方へ急ぐ。

「そうね。クラリス、エリーの二人はこのまま私と一緒に来てちょうだい。しばらくはもうマルスとお別れだから今のうちに何かあれば伝えておきなさい」

サーシャの言葉を受けたクラリスとエリーがそれぞれ俺の手を握って一言。

「マルスなら絶対に合格できるから！」

「……マルス一番……」

「ありがとう。絶対に受かるから二人は先に行っててくれ！」

皆と別れ、落ちた受験生と共にリスター国立学校の正門を潜り、宿へ戻る。

ラストチャンスのつもりで試験に臨むことを心に決め、体を休めた。

――――翌日
十二時前に正門に着くと、そこには俺以外にも職員推薦の試験を受けるであろう同年代の者たちの姿があった。
数にしてだいたい百人くらい。
この中で一つあるかないかの席を奪い合うのか。

改めて気合を入れると、六名の職員たちが正門に現れる。

その中にはサーシャとキュルスの姿もあった。

六名の職員の中の一人が口を開く。

「今から実技試験の説明を始める！　君たち受験生はこれから職員と模擬戦を行ってもらう！」

職員と模擬戦をするのか。

受験生同士でやると思っていたので少し意外だ。

そう思ったのは俺だけではないようで、他の受験生もざわつく。

試験官も俺たちのリアクションを予想していたのか、それを無視して説明を続ける。

「得物はここにあるものから選びなさい！　ここにはない特殊な得物を使用する際は、事前に申告するように！　では得物を取ってから私以外の好きな職員の前に並びなさい！」

試験官の話が終わると、受験生がこぞって得物を取り、思い思いの職員の前に走る。

俺も学校側が用意した木剣を選び、サーシャの前に並ぼうとすると、すでにサーシャの前には長蛇の列ができていた。

職員の中でサーシャだけが女だから組みやすしとでも思ったのかもしれない。

ちなみに俺がサーシャを選ぼうとしたのはこの中で唯一魔法使いっぽいからだ。

恐らくだが、この中ではサーシャが一番強い。

そのサーシャを倒せれば受かる確率はあがるだろうからな。

俺もその列に並ぼうか迷っていると、五人の職員の中で唯一誰にも並ばれていない男から指名が入る。

「おい！　マルス！　俺と戦え！　本当にサボってなかったか俺が見極めてやる！」

げっ⁉　一番厄介な奴に絡まれた。

でもここで断るのも違う気がする。

諦めてキュルスの前に立つと、他の受験生から、

「あいつ終わったよ」

「可哀想《かわいそう》に」

「一人脱落だな」

と、憐《あわ》れむ声が。

「お手柔らかにお願いします」

「何を抜かしてやがる！　こっちはこの時を待っていたんだ！　前回よりは力を入れるから覚悟しとけよ！」

木剣を担ぎ、笑みを見せるキュルス。

本当に楽しみにしてくれていたようだ。

職員と生徒がそれぞれ得物を構えると、

「始め！」

試験官より開始の合図が。

その声と共にキュルスの足音が近づく。

魔法で迎撃すれば勝率が上がることは分かっている。

だがこれだけ待ってくれていたキュルスにそれは申し訳ない。

それに俺自身、今日のために剣を振り続けてきた。

前衛としての自分の力を試してみたいというのもある。

だから俺はキュルスの木剣を《風纏衣《シルフィード》》も使わず、ただ木剣で迎え撃つ。

「くっ⁉」

相変わらずの剛の剣。

一撃で木剣を持つ手が痺《しび》れ、衝撃が体から地面に伝わる。

「サボってねぇってのは嘘《うそ》じゃなかったようだな！　今ので弾かれなかったのは褒めてやる！　もっといくぞ！」

打ち込んでくるたびに剣の勢いが増すキュルスの攻撃に、なんとか耐える俺。

筋力、敏捷、剣術レベルのすべてが俺よりもキュルスの方が高い。

《風纏衣《シルフィード》》を使わなければ防戦一方になるというのは分かっていた。

しかし、それでもまだ耐えられる。

耐えられるうちは剣術の訓練。魔法を使うときは負けそうになったとき。

どのくらい剣戟《けんげき》を交わしただろうか？

いつからか他の職員や生徒たちは模擬戦を途中でやめ、俺たちに視線を向けていた。

木剣と木剣が重なる音が激しさを増し、徐々にキュルスの表情から笑みが消える。

「マジで予想以上！　しかしここは勝たせてもらうぜ！」

本気と思われる一撃を放つキュルス。

その一撃は俺の剣を弾くのに十分すぎる威力だった。

大きく剣が弾かれ、態勢が崩れたところにキュルスが剣を振りかぶる。

ヤバい！　このままでは負ける！　負けることだけは許されない！

《ウィンドカッ……》

無詠唱で魔法を唱えようとしたときだった。

「そこまでよ！」

サーシャの声が周囲に響くと、木剣を振り下ろそうとしたキュルスの動きが止まる。

「おい！　サーシャ！　なんで止めんだよ！」

抗議するキュルスに、

「こんなところで恥をかきたくないでしょ？」

と、答えるサーシャ。

「はぁ⁉　何を言って……いや、もしかして……まさか⁉」

「さぁね。でもこの勝負は引き分け。二人ともそれでいいわね？　ロレンツとしても二人の勝負にこだわる必要はないですよね？」

ロレンツというのは、先ほどからこの場を仕切っている試験官のことらしく、ロレンツが頷くとキュルスも渋々引き下がる。

俺としても負けてないのであれば、まだチャンスはある。

「分かりました。では別の職員の方に挑めばいいのですか？」

するとロレンツから一言。

「マルスだったかね？　君はもう戦う必要はない」

え？　やはり勝たなければダメなのか⁉

俺の表情を察したのかロレンツがさらに続ける。

「君の相手はＢ級冒険者のキュルス先生だ。ここにいる中では同じくＢ級冒険者のサーシャ先生の次に強い。そんなキュルス先生と互角に剣戟を繰り広げられる君を落とすと思うかい？」

「……ということは？」

「おめでとう。君は合格だ。本来であれば明日から二次試験を受けてもらうのだが、それも受ける必要はない」

まさかの言葉に思わずガッツポーズが出てしまう。

「ありがとうございます！　一生懸命頑張りますからよろしくお願いします！」

満足そうに頷くロレンツ。

それを微笑《ほほえ》みながら見守ってくれていたサーシャが、ロレンツに頭を下げる。

「ロレンツ先生。私はこれで失礼します。申し訳ございませんでした。試験官でもないのにでしゃばったマネをしてしまって」

サーシャがロレンツに頭を下げるとキュルスも続く。

「じゃあ俺もズラかるかな。マルス！　次はきっちり勝負をつけるからな！」

もしかして二人は俺のことが心配でわざわざ試験を見にきてくれたのか？

「いえいえ、サーシャ先生とキュルス先生がマルスを推薦してくれなかったら、近い将来我々は後悔していたかもしれません。ありがとうございました。マルスのことはサーシャ先生に任せても？」

校舎の方へ去っていくキュルスを見ながらロレンツが俺のことをサーシャに預けようとすると、

「分かりました。マルス、私についてきて」

サーシャが俺を手招きする。受験生から羨望の眼差《まなざ》しを受けながらサーシャの隣まで走り、今回の件のお礼を言う。

「サーシャさん。本当にありがとうございました。サーシャさんがいなければ今ごろ僕は途方に暮れていたかもしれません」

「いいのよ。私はマルスに大きな借りがあるしね」

きっとミーシャのことを言っているのだろう。

「ではこれで貸し借りはなしということで……」

「何を言っているの？　これがミーシャの命と対等なわけないじゃない⁉」

頬を膨らませるサーシャ。

「すみません！　そういうつもりではなくて……」

確かに今のは失言だったな。

慌てて取り繕うと、サーシャは柔らかい笑みを浮かべ、校舎の方を指さす。

「ほら、マルスを心配して二人が来たわよ。ちゃんと報告してあげなさい」

サーシャの指さす方向から、クラリスとエリーがこちらに向かって走ってきていた。

「マルス！　その……あの……」

試験の結果を聞くのが怖いのか尻つぼみになるクラリス。

エリーも俺の表情を窺《うかが》っている。

「二人とも心配させてすまなかった。合格できたよ。二次試験も受ける必要ないって」

「「――――っ⁉」」

合格の報告を受けたクラリスは、俺の胸に飛び込み肩を震わせる。

エリーもクラリスに続き、満面の笑みを浮かべる。

「合格おめでとう。三人でお祝いしないとね」

「……信じてた……おめでとう……」

祝福してくれる二人。

「ああ。ありがとう。これからもよろしく」

合格に満足せずこれからも頑張らねば。

二人の肩に手を置きながら改めて努力することを心に誓う。

サーシャ以外にも俺たちを見つめる存在のことなど知らずに――――

# 第3話　出会い

リスター国立学校の正門をくぐると最初に現れるのは、ヴェルサイユ宮殿を連想させる壮麗な職員棟。

職員棟には、職員室は勿論《もちろん》、職員が宿泊する部屋やリーガン騎士団の詰所、さらにはリーガン公爵の校長室も存在する。

なお、リーガン公爵の邸宅は敷地の奥にあるという。

正門から見て職員棟に隠れるように連なるのが俺たち生徒の校舎。

校舎は五つに連なり、一番手前が五年生の校舎で、最奥が俺たち一年生の校舎で同じ校舎を卒業まで使う。

来年入学する者たちは現在の五年生の校舎を使用する。

各学年の校舎の左右に並ぶように、女子寮と男子寮が建つ。

これらも学年ごとに分かれ、正門から見て右に男子寮、左に女子寮だ。

男子寮と女子寮の構造は同じで、五階には朝と夜に利用できる食堂が備わっている。

となると、昼はどこで食べるの？　という疑問もあるだろう。

実は、俺たち一年生の校舎の奥に、職員棟と同じくらいの大きさの三階建ての食堂棟があり、そこで昼食を摂るのだ。

全学年の生徒が一斉にこの食堂棟を訪れるため、昼は大混雑するという。

そして、その食堂棟の奥には無数のアリーナや体育館などが建てられている。

さらにその奥には、収容人数が五千人を超えるコロシアムもあるが、それについては今度紹介するとしよう。


「ごめん。待った？」

待ち合わせの時間通りにクラリスとエリーが学校の正門にやってきた。

「いや、今来たところだ。じゃあ行こうか」

今日は三人でリーガンの街に繰り出す。

このテスト期間が終われば、一般クラスは自由に学校の外に出ることはできないらしい。

ここでいう一般クラスというのはＡクラス～Ｅクラスの生徒たち。

Ｓクラス確定のクラリスとエリーは門限こそあるものの、自由にリーガンの街に繰り出すことができる。

つまり入学してしまうとＥクラスの俺だけ外に出られないということだ。

であれば、それまでの間、三人でリーガンの街を観光しようということになった。

ちなみに学校では二次試験が行われている。俺はロレンツに二次試験以降を免除してもらったが、クラリスとエリーも二次試験以降はパスとのこと。

リーガンの街は相変わらずの人ごみ。

受験に落ちてもまだ滞在しているのか、同じ歳くらいの者が観光をする姿もあった。

行き交う人々をかき分け歩いているとエリーが耳元で囁《ささや》く。

「……見られてる……」

いつもは男性の目を引いても気にもしないエリーが言うなんて珍しい。

「それは二人が可愛いからであって……」

「……違う……学校からずっと……」

俺の言葉を即否定するエリー。

学校からだって？　ってことは学校関係者か？

でも学校に知り合いなんてサーシャとキュルスしかいないし……。

「分かった。ちょっと気をつけよう。二人とも俺から離れないように」

「うん」

クラリスが俺の手を強く握ると、エリーは俺の左腕を組む。

このままの状態でウィンドウショッピングをしていると、リア充爆《は》ぜろとばかりに男たちの視線を浴びる。

中にはかなり強い殺意を抱く者も。

リーガンの街を一時間くらいぶらついていると、俺にもずっと後をついてくる者の気配だけは感じ取ることができた。

何も危害を加えられないのであればこのままでもいいが、いつ二人に危険が迫るか分からない。

憂いをなくすためにもここで勝負に出る。

「クラリス、エリー。右に見える路地に入ろう。そして尾行してくる奴を捕まえる」

「え？　私は全然気づかなかった」

どうやらクラリスはまだ気づいていないようだ。

「……分かった……男一人……女一人……女……手練れかも……足音しない……」

え？　二人？　一人しか分からなかった。

それにエリーが手練《てだ》れと言うなんて相当な奴かも知れない。

「よし、じゃあ気を抜くなよ」

予定通り路地に入り、すぐに物陰に隠れ身を潜めると、男と女が周囲を窺うように路地に入ってきた。

「あれ？　いなくなった？」

俺たちを見失ったのか女の声が路地に微《かす》かに響く。

いまだ！

取り押さえようと、俺たちを見失った奴らの前に飛び出す。

突然現れた俺たちに女はビックリし、言葉も出ない。

そして俺は俺で二人の姿を見て驚く。

「ミーシャ⁉」

俺たちを尾行していたのは、三年前に魔の森で俺とクラリスが助けたミーシャだった。

そしてミーシャの後ろには、なんとあのダメーズの姿が。

しかし、二人を知らないエリーがミーシャの背後を取り、手際よくミーシャの腕を掴む。

「エリー、その子は私たちの知り合いなの。だから何もしないであげて」

クラリスの言葉に素直に従うエリー。

「ミーシャ？　どうしたの？　ミーシャがずっと私たちを監視していたの？」

クラリスに問われてもミーシャは俯《うつむ》くばかり。

「ちょっとここで話すのもあれだから、昼ご飯を食べながら話さないか？」

路地とはいえ衆人の目が気になるからな。俺とクラリス、エリー、そしてミーシャの四人でレストランに入る。

「……ごめんなさい。学校でマルスたちを見かけて声をかけようと思ったんだけど……その……となりにいる子が気になって……」

席に座るとすぐにミーシャが俺たちに謝る。

そういえば昔サーシャから、ミーシャはとても人見知りだと聞いてはいたが、本当にそうだったとは。

俺とクラリスと出会ったときはそんなことなかったのに。

「そうか。サーシャさんが言ってたもんな。ミーシャは人見知りだって。じゃあエリー、自己紹介をしてくれ」

「……初めまして……エリー・レオ……マルスの婚約者……」

何故か勝ち誇った顔をするエリー。

「こ、婚約者⁉　え？　だって？　クラリスは⁉」

エリーの言葉にミーシャが動揺するが、

「私も婚約者になれたの。ミーシャからもエリーに自己紹介してあげて」

クラリスに促され礼儀正しく席を立って頭を下げる。

「う、うん……ミーシャ・フェブラントです。よろしくお願いします」

しかし、ミーシャの表情は優れない。

なんであんなにも明るかったミーシャがこんなにも落ち込んで……あっ！　そうか！　ミーシャもリスター国立学校を受けると言っていたが、落ちてしまったのか！

「ミーシャ。人生色々ある。だけど諦めちゃダメだ！　為せば成る！　いいか⁉　自暴自棄になってはダメだぞ！」

俺なりに精一杯のエールを送ると、

「本当？　諦めなければチャンスはある？」

顔を上げたミーシャの目には涙が溜《た》まり、すがるような目をしていた。

「当然だ！　だから頑張ろう！　できる限りのことはサポートする！」

どうやら俺の言葉はミーシャの心に届いてくれたらしく、

「うん！　私頑張るよ！」

沈んでいた表情は晴れ、昔のように屈託のない笑顔を見せてくれた。

やっぱミーシャには笑顔が似合う。

「じゃあ早速だけどミーシャ。ミーシャを鑑定してもいいか？」

今のミーシャのステータスがどれくらいのものか知りたく聞いてみると、二つ返事で承諾してくれる。

【名前】ミーシャ・フェブラント
【称号】ー
【身分】妖精族《エルフ》・フェブラント女男爵家長女
【状態】良好
【年齢】十一歳
【レベル】14（＋11）
【ＨＰ】73／73
【ＭＰ】２２４／２２４
【筋力】36（＋30）　【敏捷】43（＋35）
【魔力】50（＋41）　【器用】50（＋42）
【耐久】26（＋22）　【運】10
【特殊能力】槍術　Ｂ（Ｌｖ４／17）（０↓４）
【特殊能力】水魔法　Ｃ（Ｌｖ４／15）（１↓４）

【特殊能力】風魔法　C（Lv5／15）（1↓5）
【装備】疾風の槍
【装備】幻影のローブ

え？　これで落ちるの？

ステータスを偽装したクラリスとあまり変わらない気がするのだが……そういえばエリーが尾行している女の方はかなり強いと言っていたな。

「ミーシャ。たぶんだがミーシャの鑑定もうまくされていなかっただけだと思う。サーシャさんに言ってもう一度試験を受けさせてもらえないか頼んだ方がいい！」

興奮して思わず席を立ってしまった俺に対し、ポカンと俺を見つめるミーシャ。

「善は急げだ！　このまま行こう！　まだ間に合うかもしれない！」

呆気《あっけ》にとられているミーシャの手を引こうとすると、ミーシャが慌てて手を引っ込める。

「え？　もしかして私が試験落ちたと思ってる⁉」

こういう場合ってどう返事していいんだ？

頷いたら傷つけるかもしれないし……逡巡《しゅんじゅん》していたところにミーシャが言葉を続ける。

「私は妖精族《エルフ》だから試験受けなくても入学できるんだよ？」

「え？　そうなの？　受験に失敗したから落ち込んでいたんじゃないの？」

俺の言葉にまた表情が曇るが、クラリスが援護してくれる。

「ミーシャ。ごめんね。でもマルスが勘違いしたのには理由があるのよ。マルスは正しく鑑定してもらえなかったらしくて試験に落ちてしまったの」

「えっ⁉　マルス落ちちゃったの⁉」

よっぽど俺が落ちたことが意外だったのか、テーブルを叩きながら身を乗り出すように立ちあがるミーシャ。

声も店内に響き渡り周囲の客からは嘲笑《ちょうしょう》される。

「ご、ごめん。でもマルスが落ちるっておかしいよ！　だって、だって……マルスは……」

徐々にミーシャの目に涙が溜まっていくのが分かる。俺のために泣いてくれるなんて、ミーシャはめっちゃいい奴だな。

「大丈夫だよ。サーシャさんのおかげで俺は二次試験以降もパスで合格することができたから」

「本当に？」

「ああ、本当だ。サーシャさんには感謝してもしきれないよ」

俺が受かったことと、サーシャが褒められたおかげでミーシャの顔に笑顔が戻る。

なんでミーシャが落ち込んでいたかは謎だが、今聞いたらまた落ち込んでしまうかもしれない。

だからこのまま話を逸らすことにした。

「ミーシャ？　なんでダメーズさんと一緒にいるんだ？」

店の外からずっとこちらを窺っているダメーズを見ながら問うと、

「うん。なんかダメーズはお母さんから離れられなくなっちゃったみたいで」

さらっと信じられない答えが返ってくる。

「え？　それってストーカーじゃないの？」

クラリスがすかさずツッコミを入れると、

「ストーカー？　何それ？　でもお母さんが言うには、ダメーズはどこか不気味だから、近くにいると男に言い寄られなくて済むといって奴隷にしたんだ。奴隷にすれば命令に従うでしょ？」

どこか変なところある？　とばかりに答えるミーシャ。

日本と異世界との常識のズレを感じる瞬間だった。

昼前に入ったレストランだったが、退店したときにはもう日が傾きかけていた。

調子を取り戻したミーシャのマシンガントークに圧倒され続けた六時間だったが、楽しい時間を過ごせた。

「ねぇねぇ。明日も四人で外に出ようよ」

学校への帰り道、弾むような声で提案するミーシャ。あれだけ喋《しゃべ》ったのにまだ喋り足りない様子。

「そうね。試験期間中しかマルスと一緒に外に出られないからいいわよ。ちなみにミーシャはどのクラスなの？」

「え？　私？　私はSクラスだよ。でもなんでマルスは外に出られないの？」

まさかのSクラス。

まぁミーシャは俺が見た受験生の中でもクラリスとエリーを除けば一番ステータスが高かった

から納得はできるが。

「俺はＥクラスの末席なんだ。だからこの期間中しか外に出られないらしい」

「マルスがＥクラス⁉　数年前の時点で今の私よりも強いのにそれはおかしいよ！」

俺がＥクラスだと知ったミーシャはまたも顔を紅潮させ憤慨すると、

「……うん……おかしい……マルス……一番……」

エリーも同意する。

どうやらエリーとミーシャの二人は俺が何でも一番じゃないと気が済まないらしく、学校に着くまで二人はずっとそのことについて熱く語っていた。

二〇三一年十二月二十九日九時
リスター国立学校のテストすべてが終わり、仮のクラス発表後、寮の部屋割りが決まった。

この学校はクラスによって様々なことが差別化される。

部屋の大きさ、出される食事、授業内容……ｅｔｃ。

俺が入ることとなったＥクラスは、残念ながらヒエラルキーの一番下に位置し、一学年で二〇〇人前後と最も人数が多い。

部屋は寮の一階部分に割り当てられ、一部屋八畳くらいの部屋に二人が割り当てられる。

しかし、今年Ｅクラスの男子の数が偶数人ではなく奇数人。

そのため一部屋だけ三人部屋となってしまうのだが、その貧乏くじを引いたのは末席の俺。だから俺たちの部屋だけ密度が高い。

使ってない部屋があるからそこに入居させてくれてもいいのにとも思ったが、そこはハングリー精神を持たせるために敢えてそうしているようだ。

Dクラス、Cクラスと上がっていけば、部屋も広くなるとのこと。

Sクラスに至っては寮の最上階で一人一部屋、しかも1LDKという部屋が用意される。

そして今日は先日から俺が使っていた部屋に二人の生徒が入寮する日。

「俺はゴン。Eクラスだが現役生。よろしく」

「カールです。ゴンと同じく現役生だからよろしくお願いします」

二人がそれぞれ手を出し握手を求めてくる。

「マルスだ。二人と同じく現役生。これからよろしく」

二人と握手を交わすが、二人とも俺が現役生と信じてくれない。

「え？　さすがにそのガタイで現役生と名乗るのは無理があるだろ？」

どうやら俺の体格を見て同い年とは思えなかったようだ。

「Eクラスのほとんどが浪人生だから正直に言っても恥ずかしくないですよ」

「いや、本当なんだ。昔から俺のことを知っている人がいるから、疑うのであればその人に聞くといい。あとカールに聞きたいのだがEクラスはほとんど浪人生というのはどういうことだ？」

どうやら二人はまだ半信半疑のようだ。

「知らないのですか？　ステータスが同じくらいであれば身分、年齢、レベルなどを考慮してクラス分けされます。結果、現役生は上のクラスになりやすいらしいですよ」

ん？　年齢が高い人を敬い上のクラスにすると思うのだが。

俺の頭の上に？マークが浮かんでいるのを見たゴンが一言。

「若い方が伸びしろがあるだろう？　それだけのことだ」

なるほど。年功序列という概念はないのね。

「それにしても聞いたか？　今年はSクラスが創設されるらしいぜ！」

「ああ！　今年は稀《まれ》に見る豊作。なんでもリスター国立学校史上最高と言われる三年前に迫るって聞いたよ！」

二人が顔を上気させる。

「リスター連合国が誇る北の勇者に、デアドア神聖王国の剣聖だからな！」

「いやいや、今年は何と言ってもフレスバルド筆頭公爵家次女のカレン様だろ！」

「確かにカレン様の序列一位は確定だろうな。北の勇者でも敵《かな》わないらしいし」

「まぁ婚約関係にあるから、二人が本気で戦うことはないだろう」

北の勇者に剣聖？　それにカレンという子が強いのか。

強いということはそれだけコンビニ強盗の可能性も高いということでもある。

犯罪者とはいえ亜神様の転生ボーナスを受け取っている可能性があるからな。

そんなリスクを冒してまでこの学校に入学したのは理由がある。

逃げ回ってビクビクしているよりも、早くけりをつけて楽になりたいというのが一つ。

もう一つはここでしか得られない知識というのがありそうだからだ。

知識というのはもちろん戦闘の知識。

アルメリアで過ごしていた数年間、冒険者たちに剣のスキルを聞きまわったが、見たり聞いたりしたことはあっても実際に習得している者がいなかった。

強くなるためにここに来るのが一番手っ取り早いというのが俺とクラリスの結論だ。

まぁジークの方針でもあったし、俺たちの意志は関係なかったのかもしれないが。

「なぁ荷物を置いたら三人で校舎に行ってみようぜ！　今日の十一時から一年生の校舎に入れるからな！」

「いいねぇ！　実は俺も行こうと思っていたんだ！」

ゴンの提案にカールが乗る。しかし俺には先約があったので、

「すまない。今日は別の人と校舎を見学する予定なんだ。また今度誘ってくれ」

真っ白な制服に袖を通し、部屋を後にする。

この制服もクラスによって違う。

全クラス白を基調とした制服なのだが、制服のラインやリーガン公爵家の本の紋章が左胸に入っており、その色がクラスによって変わるのだ。

Aクラス・紫（三〇人程度）

Bクラス・蒼（五〇人程度）

Ｃクラス・緑（一〇〇人程度）
Ｄクラス・黒（一五〇人程度）
Ｅクラス・白（二〇〇人程度）

と、なっている。白を基調とした制服なのでＥクラスの制服はほぼ真っ白。他のクラスの制服と比べると少し寂しい。

寮を出て歩くこと十分。

一年生の校舎前に着くと、そこには校舎への入場を待つたくさんの一年生たちが集まっていた。

その中で一際人だかりができている場所が。

中心では赤いラインの入った制服を纏《まと》ったクラリス、エリー、ミーシャの三人が周囲の視線を浴びていた。

Ｓクラスだけはラインの色を自由に決めることができるようで、今年の色は赤とのこと。

三人が注目されている中、声をかけるほどの勇気が俺にはない。

どうしようかと手をこまねいていると、エリーがすぐに俺に気づき駆け寄ってくる。

「マルス！」

それまで無表情だったエリーの顔が鮮やかに彩られ、その後にクラリスとミーシャが続く。

「誰だよ。あいつ」

「なんでＥクラスの男がＳクラスの女と一緒にいるんだ？」

「一人で三人も？　許せねぇ」

　男子生徒たちがざわつき始める。

　こうなるのを予想していたから声をかけるのを躊躇ったのだが今度からは待ち合わせ場所にも気を配らないといけないな。

「遅れてごめん。校舎が解放されるまであっちで話さないか？」

　さすがにこの視線の中だと落ち着かない。

　四人で校舎から少し離れたところに移動すると、クラリスが悪戯《いたずら》っぽい笑みを浮かべながらその場で一回転する。

「どう？　この制服？　似合ってる？」

　実は今日初めてクラリスの制服姿を見たのだが、一言で言うとめっちゃ似合っている！　いや本当にこれでもかってくらい。

　ただ一つ気になることが。

　クラリスのスカートが他の女子生徒のものよりも短いのだ。

　今も一回転したときに白い太腿がちらりと覗く。

「ああ、とても似合っているし、かわいいよ。ちょっとスカートが短いような気もするけど……」

　正直な感想を述べると、

「そう？　これでも昔よりは長いんだけど……」

当然昔というのは前世のこと。

もしかしたらクラリスは前世でイケイケだったのかもしれない。

そんなクラリスとは対照的にエリーのスカートは他の女生徒よりも長い。

自分はどう？　とエリーの顔に書いてあったのでエリーにも正直に感想を伝える。

「エリーらしくて俺は好きだな」

長いと長いでちょっと残念だが、そんなことは口が裂けても言えない。

「ねぇ⁉　なんでクラリスとエリリンのことは褒めて私のことはスルーなの⁉」

頬を膨らませる顔がサーシャそっくりのミーシャ。

ここ数日でエリーとミーシャの距離は急速に縮まっており、ミーシャはエリーのことをエリリンと呼ぶようになっていた。

エリーも自分に懐いてくれるミーシャのことが気に入ったのか、徐々に関心を持ち始めているのが分かる。

当然ミーシャの制服姿も似合っているのだが、クラリスとエリーのように気軽には似合ってる、かわいいねとかは言えない。

何せクラリスとエリーの二人は婚約者で、ここ数年一緒に暮らしてきたし、コミュニケーションも取ってきた。だから二人が嬉しがるラインは知っている。

しかし、ミーシャは違う。

似合っている、かわいいなんて言葉にしたら、キモイと思われるかなとスルーしていたのだが、ミーシャの方から聞かれれば答えないわけにはいかない。

「似合ってるし、大人っぽく見えるよ」

俺の言葉に何度もその場で回転し、まんざらでもない様子。

そうこうしているうちに俺たち新一年生の校舎が解放される時間となり、どんどん校舎に飲み込まれていく生徒たち。

俺たちも少し時間を空けて校舎の中に入る。

まずEクラスの教室に向かうと、すでに多数の生徒が入室しており、明後日から始まる学校生活に皆が夢を膨らませていた。

他の教室も見学し、残すはSクラスの教室のみ。

四人でSクラスの教室へ向かうと、教室の前には中の様子を盗み見する数人の生徒たち。その中にはゴンとカールの姿もあった。

「ゴン、カール？　どうした？　こんなところで？」

何をしているのか声をかけると、慌てた様子で自分の口元に人差し指を立て、

「マルスも見てみろよ。あれがフレスバルド公爵家のカレン様だ。噂通りかなりの美少女。これから毎日見られるなんて……ってお前⁉　ちょっと来い！」

饒舌《じょうぜつ》に語るが、途中で声を荒げるゴンに腕を引っ張られ、俺にしか聞こえないような声量で問われる。

「おい！　後ろの美女たちはなんだ⁉　お前、予定があるって言っていたよな⁉」

ゴンの表情は険しく、どこか怒っているようだった。

「マルス？　大丈夫？　お友達？」

不審に思ったのかクラリスが後ろから問いかけてくる。その後ろにはエリーとミーシャ。

「あ、こっちは俺と同部屋になった……」

紹介しようとすると、ゴンが俺の言葉を遮る。

「初めまして。ゴンです。十一歳の長男で彼女はいません。よろしく」

精一杯低い声で自己紹介をしながら手を差し出す。

「あ、ご丁寧にありがとうございます。クラリス・ランパード、同じく十一歳です。マルスと婚約をしておりますので、マルス共々これからよろしくお願いします」

差し出された手を両手で包み込むように握り、優しく微笑むクラリス。

「え？　は？　婚約？」

突然の婚約というワードにゴンが困惑し、俺に説明を求めるように見てくる。

「ああ。俺とクラリスは将来を約束しあった仲だ」

俺の言葉に固まるゴン。今のうちにエリーも紹介しておいた方がいいと判断した俺は、エリーの手を引き隣に立ってもらう。

「こちらはエリー。同じく婚約しているからよろしく」

俺に紹介されたエリーはぺこりと頭を下げるだけに留め、俺と腕を組む。

この流れでミーシャだけ紹介しないと先ほどみたいなことになりかねない。

「もう一人。こちらはミーシャ。今年からこの学校に就いたサーシャ先生の娘だ」

「よろしくね〜。ゴン」

軽い挨拶を交わすミーシャ。怒涛《どとう》の紹介にゴンの口から魂がこんにちはしている。

そんなゴンを置き、Ｓクラスの教室を窺う。

教室の中にはブラウンともライトブラウンともとれるオールバックの男が佇み、少し気が強そうな目をした赤いロングヘアーの女の子の肩に手を添え、何かを囁きかけている光景が目に飛び込んできた。

すると俺たちの視線に気づいた女の子が、突然こちらを振り向き、偶然にも俺と視線が交差する。

これが俺とカレンとの初めてのコンタクトだった——

# 第4話　リーガン公爵

今日は俺たちの入学式。

式に参加するのは一年生と職員のみ。

まず校長でもあるリーガン公爵から俺たちに祝辞が贈られる。

「おい、あれで二〇〇歳超えてるって信じられるか？　本当に妖精族《エルフ》ってとんでもないよな」

祝辞を述べているリーガン公爵を見ながらゴンが隣で囁く。

確かにどこからどう見ても二十歳くらいにしか見えない。

しかし、俺にはそれより気になることがあった。

それはリーガン公爵からの視線だ。

自意識過剰かと思う奴もいるかもしれない。だがそれは違う。

俺を見ているというよりかは視ている。

つまり壇上から俺を鑑定しているようなのだ。それも何度も何度も。

しかも嫌な視線を浴びるたびに、リーガン公爵の表情が曇る。

もしかしてリーガン公爵も鑑定に失敗しているのか？

リーガン公爵の挨拶が終わると、Ｓクラス序列一位のカレンが新入生代表として挨拶をする。

学年一位のカレンのステータスはどんなものだろう？

これだけの人数がいるのだから、誰が鑑定しているのか分からないだろう。
そんな軽い気持ちからカレンを鑑定してみた。

【名前】カレン・リオネル
【称号】―
【身分】人族・フレスバルド公爵家次女
【状態】良好
【年齢】十一歳
【レベル】28
【HP】110／110
【MP】502／502
【筋力】33　【敏捷】45
【魔力】105　【器用】65
【耐久】28　【運】10
【特殊能力】魅了眼
【特殊能力】鞭術　B（Lv0／17）
【特殊能力】鎖術　C（Lv0／15）
【特殊能力】火魔法　A（Lv11／19）

【装備】火精霊の杖《サラマンダーロッド》
【装備】火精霊の法衣《サラマンダーローブ》

流石に序列一位なだけある。

カレンは魔法特化タイプらしく、扱う魔法は燃えるような髪の色と同じく火魔法。

それに鞭術と鎖術という怪しい？　才能も持っているようだ。

しかし、何と言っても気になるのが魅了眼。

これも鑑定してみようかと再度カレンにフォーカスすると、新入生代表挨拶をしていたカレンがスピーチをやめ、こちらを睨みつける。

バレた？　咄嗟《とっさ》に視線を外す俺。

冷静に考えてみるとこれって俺が鑑定しましたと言っているようなものだが、慌てていたので仕方ない。

間違いなく俺だと気づかれただろうな。

大人しく新入生代表挨拶を聞いておくかと観念すると、そこら中から雑談が聞こえる。

「なぁ。壇上に座っているのは全員Sクラスの生徒だよな？」

「銀髪の子かわいすぎるだろ？　さっきから俺を見て微笑みかけてくれるんだが？」

「お前にじゃない。俺に笑顔を向けてくれているんだ」

「俺は金髪の子がタイプだな」

「お前ら見る目がないな。やっぱり妖精族《エルフ》だろ」

新入生代表挨拶など誰も聞いてなく、壇上のクラリスたちにご執心の様子。

だが気になる声も聞こえてきた。

「でもあの子たちは皆、北の勇者に持っていかれるんだろうな」

「ああ、バロンの手が早いのは有名だからな」

「噂によるともうカレン様と……くぅ羨ましいぜ」

北の勇者バロンというのは、先日カレンの隣で立っていた前髪を少し垂らしたオールバックで茶髪のいかにもモテそうな男。

一見紳士そうに見えるが、悪評が絶えない。

そしてもう一人。ドミニクというデアドア神聖王国の剣聖と呼ばれるダークブラウンの髪を後ろで結っている男もチャラ男という話だ。


入学式もつつがなく終わり、教室に戻ると早速授業が始まった。

末席の俺は教室の一番隅の席。

そしてクラスメイトのほとんどが俺よりも年上。

全員を鑑定したわけではないが、こっそり鑑定した限りゴンとカール以外全員が年上だった。

年齢は一番上で十四歳。

皆が一月一日生まれというわけではないはずなので、恐らくリスター国立学校の受験資格は十四歳までかと思われる。

成人したら受験資格がないということだろう。

自己紹介などなく、まずは教育方針を簡単に説明される。

リスター国立学校では前衛職でも必ず魔法を覚えることを義務づけられる。

魔法使いであれば二種類の魔法を使えるようにしろとのこと。

ただし例外があり、一つの魔法を極めんとする者であれば、集中することも許可されるようだ。

魔法の才能がない者からすれば、かなりきついかもしれないが、頑張れば成人するころには何かしらの魔法が使えるようになるとのこと。

また卒業についても軽く触れられた。

リスター国立学校は五年制ではあるが、五年間在籍せずとも卒業はできるという。

しかし、条件は厳しく、数年に一人いるかいないかららしい。

最後に一か月以内に学生証が発行されるらしいのだが、同時に生徒全員E級冒険者証も発行されるとのこと。

午前中は座学に勤しみ、昼はゴンとカールと三人で食堂棟へ。

食堂棟でもきっちりクラス分けされており、三階建ての三階部分はSクラスとAクラスしか入れず、二階に入れるのもCクラスまで。

一階部分はどのクラスでも利用できるようになっている。

またそれぞれの階でメニューが違う。

三階ではかなり豪華な食事が用意されているらしい。

ちなみに食事はすべて無料だ。

俺は筋量を増やしているのと、健康に気を遣っているので、タンパク質豊富な鶏肉とサラダがあればいい。

幸いこの二つのメニューは一階でも提供されている。

一階で食事を摂っている俺たちの前に三つのトレイが並ぶ。

「一緒にいい？」

声をかけてくれたのはクラリス、エリー、ミーシャの三人。

「もちろん」

赤いラインの制服を身に纏った者が一階で食事を摂ることは非常に珍しいらしく、周囲がざわつき始める。

そんな三人の食事なのだが、クラリスはほぼ俺と同じメニューだがサラダの量がかなり多い。

ミーシャも俺たちに真似たのか鶏肉とサラダが目の前に並んでいるが、問題はエリー。

エリーが持ってきたのは。牛肉に豚肉、そして鳥の骨付き肉。

どれも一階の食堂のメニューにはなく、恐らく三階の食堂から持ってきたものだろう。

それらの肉を美味《おい》しそうに頬張るエリーの前に、クラリスが多めに持ってきたサラダを並べると、エリーは助けを乞うような視線を俺に向ける。

「エリー。サラダも食べなきゃダメよ？」

「……いらない……サラダ食べる……死ぬ……」

もちろんそんなことはない。

「だ～め。食べて」

半ば強引にエリーに野菜を食べさせるクラリス。

「……鬼……悪魔……」

抵抗しながらいつものようにクラリスに野菜を食べさせられるエリー。

ゴンとカールの二人はじゃれるクラリスとエリーに目を奪われている。

「みんなちょっと聞いていいか？　魅了眼って何か知っているか？」

「魅了眼？」

クラリスとエリーは首を傾げるが、ゴンとカールは知っているようで得意げに語り始める。

「魅了眼ってのはな。自分より魔力の低い異性を意のままに操ることができる最強の魔眼だ！　同性には動きを封じる束縛眼と同じ効果があるそうだ！　もっとも束縛眼ほど長くは拘束できないらしいが。そしてなんとこの学校に魅了眼の使い手が二人もいる！　それは……」

意のままに操るだって⁉

そんなのヤバすぎるだろ⁉

それに二人ってカレン以外にもいるということか。

俺とクラリスの注目がゴンに集まる。

しかし口を開いたのはカールだった。

「リーガン公爵とカレン様の二人です。ちなみに魅了眼は、世界でも開眼しているものが片手で数えられるほどもいないらしいからとても貴重な魔眼らしいですよ」

カールはゴンと話すときだけため口だが、俺と話すときは相変わらずの敬語。

「おい！　俺が言おうと溜めていたのに！」

今度はゴンとカールがじゃれあう。

と、そこにサーシャが慌てた様子で俺たちのテーブルに走ってくる。

「やっと見つけた。マルス。ちょっと今から来てもらえない？」

「こんにちは。いいですよ。でもどこにですか？」

「校長室」

校長室!?　なんでそんなところに呼ばれるんだ？

「お母さん。どうしてマルスが校長先生に呼ばれるの？」

俺の代わりにミーシャがサーシャに問うてくれる。

「ええ。マルスが受験したとき、リーガン公爵は円卓会議に行ってってね。昨日お戻りになったからマルスの受験のこと、鑑定ができないこと、私が知る限りのマルスの実力を報告したら、是非会ってみたいと仰《おっしゃ》って」

円卓会議？　また知らないワードが出てきたな。

まぁなんとなく俺には関係ないような言葉な気がしたのでここはスルー。

「だとしたら待たせるのはよくなさそうですね。すぐに行きましょう」

「話が早くて助かるわ。私についてきて」

サーシャに手を引かれ席を立つと、またも周囲の生徒から嫉妬の視線が……一番その視線を発しているのは隣にいるゴンとカールなのだが。


「リーガン公爵。サーシャです。マルスを連れて参りました」

サーシャが大きな扉をノックすると、校長室の中にいた職員と思われる者が扉を開ける。

「失礼します」

サーシャを先頭に俺とクラリス、エリー、そしてミーシャまでもが校長室に入る。

三人は心配だったようで一緒について来てくれたのだ。

リーガン公爵が座る机の前には、どっさりと置かれた書類の山。

「やはりあなたがマルスでしたか。壇上の上からでも一目であなたがマルスだということが分かりました。一応自己紹介の方お願いできますか?」

何故俺がマルスということが分かったのか？　という気持ちを抱きながらも答える。

「はい。バルクス王国ブライアント伯爵家次男マルス・ブライアントと申します」

俺の自己紹介に何故か目を丸くするリーガン公爵。

「ブライアント伯爵家!?　もしかしてマルスには兄がいませんか?」

俺に対して敬語？　公爵の前に教育者ということなのだろうか？

「はい。今年成人を迎えるアイクという兄がおります。恐らくこの学校でお世話になっていると思うのですが……兄は元気でやっておりますでしょうか？」

「やはりそうですか……だとしたら色々納得ができますね。グレ……アイクは元気ですよ。この学校にいなくてはならない存在です」

　何が納得なのか知りたかったが、公爵相手にそんなことも聞けない。

　今はアイクが元気にやっているということ聞けただけでも良しとしよう。

「サーシャからマルスのことを聞きました。先ほど壇上からマルスを鑑定したのですが、私の魅了眼でもマルスを鑑定することはできませんでした。鑑定を阻害する何かを装備したりしているのですか？」

　堂々と鑑定していたことを公言するリーガン公爵。

「いえ、そのようなことはしていないのですが……」

　リーガン公爵が頷くと、瞳が妖しく光る。

　その瞬間、リーガン公爵の瞳に吸い込まれそうな感覚に陥るが、それは一瞬のことだった。

「えっ!?　魅了眼までも効かない!?」

　よほど驚いたのかリーガン公爵の声が室内に響く。

「どういうことでしょうか？　この距離でリーガン公爵の魅了眼が効かない者などいないかと思われますが……マルス、状態異常耐性がある装備を身につけていたりする？」

　サーシャに問われるが、もちろんそのような物は装備していない。

「三〇〇年近く生きてきたけど、マルスみたいな者は初めてです。よろしければステータスを教えていただけませんか？」

自己申告か……偽装の腕輪ではほとんどのステータスを半分以下に抑えているが、サーシャには俺がキュルスと剣戟を交わしたことを知られている。

ステータスを低く申告するとバレる可能性もあるが、ありのままを言うつもりはない。

ちょうど良さそうなステータスを申告して、もし突っ込まれたらそのとき考えるか。

そう思い、筋力、敏捷を60くらい、器用、耐久を50、魔力に関しては40、特殊能力は剣術と火魔法、風魔法のみを申告。それもレベルを下げてだ。

申告している最中、サーシャの整った眉がピクリと動く。まぁ嘘ってバレるよな。

「そうですか……これほどまでの逸材を一次試験で落としてしまうところだったとは。ですが魔眼による鑑定ができない以上、こうなってしまうのは必然。今マルスをSクラスに上げようものなら、私たちの鑑定が間違っていたのではないかと生徒たちに疑問を持たれ、それによって落ちた受験生たちが再度受験をということになりかねないのです。だからマルス……」

「はい。当分僕はEクラスでも大丈夫です」

ふぅ……サーシャが何も言わないでくれたおかげで、バレずに済んだな。

にしても結構ステータスを抑えたつもりだがSクラス相当か。

俺がこんなにも自分のステータスを隠すには理由がある。

ジークからあまりやりすぎるなと釘《くぎ》を刺されているのだ。

神聖魔法使いの俺たちが目立ってもいいことはないからな。

まぁ今日の入学式でクラリスは誰よりも目立っていたから手遅れなのだが。

「ありがとうございます。なるべく早くSクラスに編入できるよう善処しますのでお願いしますね。その代わりと言ってはなんですが授業料は免除させていただきます」

鑑定が前提の試験で鑑定ができないのだから仕方ないよな。

それに授業料免除はありがたい。

何せこの学校の授業料は驚くほど高いからな。

が、この決定に不服な者が一人。

「……ダメ……マルス……一番……」

この期に及んでエリーが駄々をこねる。

「あなたは確か……」

そう言いつつ手元の資料に目を落とすリーガン公爵。

どうやら机の資料には俺たち新入生のことが書かれているらしい。

「え⁉　もしかしてあなたバーンズの⁉」

顔を上げ、有無も言わさずエリーを鑑定するリーガン公爵。

「まさかこの状況でセレアンス公爵家の世継ぎが入学するなんて……それに前衛でこのステータス……マルスとエリーにカレン。この三人にバロンとドミニク、そしてミーシャを入れればリスター国立学校史上最高のパーティに……」

一人で呟くリーガン公爵の顔から笑みが零《こぼ》れる。

だがそれもエリーの突き刺すような視線に気づくまで。

「エリー。待ってちょうだい。マルスが強いのは認めるけど、こちらにも事情があって……」

それでもエリーは譲らない。

「……ダメ……」

相手は校長であり、リスター連合国の十二公爵の一人。

それでも物おじせずに自分の意見を貫けるエリーに、尊敬の念を抱くと同時にハラハラする。

ミーシャもエリーの毅然《きぜん》とした態度に驚いているようだ。

しかし、このままではいつまで経《た》っても平行線。

そこにクラリスの助けが入る。

「エリー。あまり困らせないの。少し我慢すればマルスと同じクラスになれるかも……いえ、マルスならなれるわ。それまで我慢しなさい」

リーガン公爵の言葉には頑なに拒否をしていたエリーだが、クラリスに言われると言い淀《よど》んでしまう。

「……でも……」

「大丈夫。私も一緒だから」

「……分かった……」

クラリスがエリーの頭を撫でながら優しく諭すと、諦めたようにエリーが頷く。

さすがクラリス。エリーの扱いには慣れている。

二人のやり取りを見ていたリーガン公爵の興味がクラリスに移る。

「えっと……あなたは……」

再度手元の資料に視線を落とすが、クラリスは見事なカーテシーと共に自己紹介をする。

「お目にかかれて光栄です。私はザルカム王国ランパード男爵家長女クラリス・ランパードと申します。このたびはエリーと共にSクラスに入れていただき、誠にありがとうございます」

まるで花が咲き誇るような笑顔に、リーガン公爵が一瞬言葉を失う。

「……え、ええ。クラリスは今……十一歳⁉　もしかしてあなた⁉」

リーガン公爵が言わんとしていることは分かる。

神聖魔法使いと言いたいのであろう。

しかし、クラリスはこう言われてもいいように、偽装の腕輪以外にもしっかりと対策を施している。

「いいえ、私は水魔法使いで、風魔法も少し扱えます」

そう、この世界では神聖魔法使いは他の魔法を使えない。

使えたとしてもレベルが低いというのが常識。

リーガン公爵もそれに漏れず、クラリスを鑑定すると肩を落とす。

ちなみに鑑定結果で年齢は十二歳とでているはずだ。

何せ今日は俺とクラリスの誕生日だからな。

「そのようですね……しかし、クラリスのおかげで助かりました。一つ聞かせてほしいのですが、クラリスとエリーは仲がいいみたいですが、どのような関係でしょうか？」

エリーは公爵である自分の言うことは聞かず、クラリスの言うことには従ったからな。疑問に思うのも当然のことだろう。

「二人は僕の婚約者です。クラリスを正妻とし、エリーを側室として迎える予定です」

俺が関係性を伝えた方がいいかなと思い説明すると、

「クラリスが正妻⁉　エリーではなく⁉」

リーガン公爵は納得ができない様子。

「……クラリス……私より強い……恩人……」

「金獅子族のあなたよりクラリスが……？　信じられませんが……」

エリーの言葉にクラリスに対し再度鑑定を行うリーガン公爵。

実際二人が本気で戦うことは今までなかったが、戦ったとしてもクラリスに軍配があがるだろう。

エリーがクラリスに近づくのにかなり苦労するだろうし、クールタイムがあるとはいえ結界魔法でエリーの攻撃を一度は凌げるからな。

それに魔法の弓矢《マジックアロー》の前に音魔法も無力だ。

「そうですか……いずれにせよ近いうちにはっきりすると思いますので、そのときを楽しみに待っておきます。私からの質問は以上となります。皆さんは何かありますか？」

聞きたいことはかなりあるが、本当に聞いていいものか悩んでいると、クラリスがリーガン公爵に質問する。

「素敵なお部屋ありがとうございます。その件で一つ質問なのですが、一人で暮らさないとダメですか？」

「ええ。婚約しているからといって、マルスと一緒というのは遠慮して……」

「え!? いや、マルスとではなくエリーです！　ブライアント伯爵家にお世話になっていたころは、エリーと同部屋だったので」

クラリスが慌てて説明すると、

「ふふふ、その様子ではまだ……いいでしょう。エリーとの同居を認めます」

柔らかな口調で冗談交じりに応じるリーガン公爵。

クラリスも揶揄《からか》われていることに気づいたのか頬を桜色に染める。

今のでかなり場の空気が和んだ。

今であればお願いできるかな？

「僕からも一つお願いが……鑑定させていただいてもよろしいでしょうか？」

一番知りたかったことを聞くと、リーガン公爵から一瞬笑顔が消える。

「もしかしてマルスも魔眼を？」

やべ、ちょっとまずったかもしれない。でも聞いてしまった以上、引き返すことはできない。

「魔力眼という魔力の流れが分かる能力があるのですが……」

「魔力眼⁉　ええ、それも魔眼の一つです。鑑定して構いませんよ」
承諾を得たので早速視てみる。

【名前】セーラ・エリザベス
【称号】水王・風王
【身分】高妖精族《ハイエルフ》・リーガン公爵家当主
【状態】良好
【年齢】二八四歳
【レベル】78
【ＨＰ】２４５／２４５
【ＭＰ】１１０６／１２０６
【筋力】82　【敏捷】１０２
【魔力】３０２　【器用】１２２
【耐久】74　【運】１
【特殊能力】魅了眼
【特殊能力】水魔法　Ｂ（Ｌｖ15／17）
【特殊能力】風魔法　Ａ（Ｌｖ17／19）
【装備】魔法の指輪

年齢もさることながら、やはり驚くのはステータス……バーンズが前衛特化だったのに対して、リーガン公爵は完全に後衛特化。魔力３０２に【水王】【風王】の称号って……。

「ありがとうございます。初めて魔力３００超えている方を見ました」

「ええ。それより今マルスが行ったのは鑑定ですよね？　他の者の鑑定と少し違った感覚だったのですが……透視眼ではなく、内面まで見られているというか……」

内面まで見る？

他の人の鑑定よりかは詳細に視《み》えるのは確かだが、そんなことまで分かるのか。

「はい。鑑定で間違いありません」

「そうですか。分かりました。もうそろそろ次の予定があるので今日はこの辺で。呼び出してすみませんでした」

リーガン公爵に促され校長室を後にする。

「じゃあまた放課後」

クラリスたちと別れ、Ｅクラスの教室に戻った。

# 第5話　リスター国立学校

午後からは、Eクラス全員、どこぞのアーティストがライブできるくらい大きなアリーナで武術の授業を受ける。

「二人一組を作りなさい！」

武術の先生が指示をすると、それぞれペアを組む。

が、奇数人だったため俺だけ一人あぶれてしまう。

俺からも積極的に声をかけて組もうとしたのだが、末席の俺と組むのが嫌なのか声をかけた者全員に断られてしまったのだ。

中には食堂棟でクラリスたちと仲良く話をしていたことが気に食わない奴もいたらしく、ねちねちと口撃される始末。

女生徒に声をかける勇気もなく、頼みのゴンとカールも最初に組んでしまっていた。

「あのぉ……あぶれてしまったのですが……」

武術の先生に恐る恐る声をかけると、聞き覚えのあるドスの利いた声がアリーナに響く。

「おう！　ちょうど良かった！　マルス！　剣を取れ！　俺が稽古をつけてやる！」

この学校でチンピラ口調の奴など一人しかいない。

声のした方を向くと、そこにはやはりキュルスの姿が。

「キュルス先生。この生徒はＥクラスの生徒で、キュルス先生は別のクラスの……」

さきほどまで威厳のあった武術の先生が、キュルスの前では縮こまってしまっている。

「どうせこいつ余ったんだろ？　俺がみっちりしごいてやるからお前は他の生徒の指導をしてろ」

訝《いぶか》しげな表情をしながらもキュルスに従う武術の先生がとても不憫《ふびん》だ。

しかし、これは俺にとっても好都合。

俺がリスター国立学校の入学を決めた一つの理由に、スキルを習得するというのがある。

以前サーシャに、スキルを習得するには、ちゃんとした者に教えを乞えと諭されたことがある。

独学でそれっぽいのは使用できるようにはなっているが、ここはしっかりと覚えておきたい。

「キュルス先生。実は先生に教えていただきたいことがありまして……」

キュルスの前に立つと、話を続けろとばかり顎をくいっと出してくる。

「初めてお会いしたときにスキルを使っていたと思うのですが、それを教えていただきたいのですが」

俺の願いに不敵な笑みを浮かべるキュルス。

「まぁそんなこったぁとは思ったぜ……そうだな。オメェには剣術の才能があり、魔法も一級品と聞いている。背負っている剣も業物だろう。もうコツは掴んでいそうだが……そうだな。俺に剣術で勝ったら教えてやんよ！」

キュルスの言葉にＥクラスの生徒がざわつく。

「よくキュルス先生の目を見られるよな？」

「聞いたか？　あいつ魔法も使えるらしいぜ」

「へぇ……顔だけかと思ったけどなかなかやるようね。今のうちにツバつけておこうかしら」

皆の注目が俺に集まっているのが分かる。

「分かりました。でも一つだけ。何度挑戦してもよろしいでしょうか？　今は勝てないと思いますが、いつか必ず勝ってみせます！」

《風纏衣《シルフィード》》や未来視《ビジョン》を使えば勝てるかもしれないが、キュルスからは剣術だけと指定された。

だったら剣術だけで勝利を掴むまで！

それに剣術のいい訓練にもなるしな。

「さすが俺が見込んだ野郎だ！　当然だ！　何度でもかかってこい！　グレンのように俺を越えてみろ！」

受験前にも、リーガン公爵からもグレンという名前を聞いた。そしてキュルスはさもグレンという者の方が強いと言わんばかり。

「グレンというのは誰なのですか？」

木剣を構えながら問うと、

「リスター国立学校史上最高傑作の一人と呼ばれている奴でな！　四年Sクラスの序列一位だ！」

どこか嬉しそうに答えるキュルス。

最高傑作だと？　どんな奴だ？　キュルスよりも強いなんて気になるな。

「テメェの敵はグレンじゃなくて俺だ！　よそ見すんなよ！」

いきなり仕掛けてくるキュルス。

「分かってますよ！　僕だってやられっぱなしで終わるつもりはありませんから！」

今回は最初から全開のキュルス。

俺とキュルスの剣が交わるたびに、生徒からは歓声があがる。

しかし、それも最初の何合かだけ。

剣戟を重ねるたびに経験値の差が出てしまう。

というのも、俺はキュルスのことを根本的に勘違いしていたのだ。

剛の剣しか扱えないと。

力任せに振り下ろしてくるキュルスの剣に弾かれまいと、柄に力を込めて応戦する俺。

だが、それは罠《わな》でキュルスは脱力しており、あまりの手応えのなさに体勢を崩したところを打ち込まれてからは一方的な展開に。

授業中何度も挑むが、結局はすべて返り討ちにされてしまった。

授業を終え、ボコボコにされて寝っ転がりながら天井を見上げる俺のところに、ゴンとカールをはじめ、Ｅクラスの生徒が心配しにきてくれる。

「ナイスファイト！」

「大丈夫ですか？」

「ああ。木剣が当たる瞬間加減してくれていたからな。完敗だ。でも色々課題は見つかったから
キュルス先生には感謝だな」

俺の言葉に嘘はない。

それを分かってくれたかは不明だが、他のクラスメイトからも嬉しい言葉をもらう。

「お前強いんだな！　末席だと思って敬遠してたわ！　これからよろしくな！」

「何度やられても立ち上がる姿を見て思わず拳を握って応援しちまったぜ！」

「次は俺と一緒にやろうぜ！」

どうやら俺のことをクラスメイトの一人として認めてくれたようだ。

「ああ！　努力は裏切らないからな！　みんなで頑張るか！」

アリーナに来るときは一人だったが、教室に帰るころにはクラスの輪の中心にいた。

——放課後

クラリスたちとの待ち合わせの場所へ向かう。

場所は一年生の校舎から少し離れた人気の少ないところ。

先日のように注目を浴びたくはないからな。

「すまない。待ったか？」

授業が終わって急いで来たのだが、ＳクラスとＥクラスでは終業の時間が違う。

　というのもＳクラスとＡクラスに関しては昼休憩が一時間。

　他のクラスは二時間のため、その分ＳクラスとＡクラスは一時間早く終わるのだ。

　理由は食堂棟の混雑度とのこと。

　ＳクラスとＡクラスのみが使える三階部分は人が少ないから食事もスムーズに提供され、席も十分に確保されている。

　それに対して一階、二階部分は大混雑だからな。差別化を図って生徒の競争意識を高めたいという学校側の思惑だろうから致し方ない。

「待ってないよ。でもね。謝らないといけないことがあって……」

　申し訳なさそうに話し始めるクラリス。

「どうした？」

「あのね。今日ちょっと学校の外に出ないといけないの。水魔法の授業で水着が必要になって……学校にも売っているのだけど、デザインがちょっとね。だから今日はエリーとミーシャの三人で外に出てきていいかな？」

「水着だって⁉」

　興奮のあまり思わず大きな声が出てしまった。

「ダメかな？」

　クラリスに上目遣いで見つめられると、断れるわけがない。

「分かった。じゃあ気をつけて。お金は持っているか？」

「うん。私もお義父様に持たせてもらっているから大丈夫。じゃあまた明日ね」

三人の背中が見えなくなるまで見届ける。

俺がＳクラスであれば一緒に買い物に行けたのに。

Ｓクラスに上がったら、クラリスたちとみんなで外に買い物に出かけるというのをモチベーションにして、再度努力することを誓う。

予定が潰れてしまった俺は、部屋に戻りある作業を行う。

訓練用の剣を創るのだ。

当面の目標はキュルスを剣術だけで倒すこと。

そのため土魔法で石を創りだし、可能な限り凝縮し、硬く重い剣を二本作る。

こういう作業はゴンとカールがいない時にしかできないからな。

水魔法と土魔法まで使えることをクラリスたち以外に教えるつもりはない。

左右の手に持ち、軽く素振りをしてみると、重みに耐えられず体が流されそうになる。

なぜ二本の剣を作ったかというと理由は極めて単純。

左右の手で剣を扱うことにより、剣術レベルの上がるスピードが二倍になるかもしれないという淡い期待からだ。

左右の手で自在に操れるようになることを当面の目標としよう。

そんなことを考えていると、ゴンとカールが部屋に戻ってきた。

「マルス、夜飯に行こうぜ！」

学生寮五階の食堂で飯を食い、二人にバレぬようＭＰを枯渇させてから眠りについた。

――――翌三時

鼾《いびき》をかき、爆睡しているゴンとカールを起こさぬように部屋の外に出る。

一般クラスの外出禁止時間は十八時～三時まで。

つまり外出禁止時間が切れると同時に外に出る。

一月の空気は冷たくキリキリとした感触が肌を刺す。敷地内は静まり返り、寒風が通り抜け、魔石灯の灯りが俺の影を映す。

静寂の中、制服に身を包んだ俺は、昨日作った二本の石剣を背中に走り出す。

俺の課題の一つに、持久力というものがある。

間違いなく俺は持久力があるほうだ。長時間の戦闘でもなんでもござれ。

しかし、昨日のキュルス戦は違った。

格上の者相手では余計な力が入ってしまう。

また最近筋量を増やすトレーニングもしている。

エンジンがでかくなると消費するエネルギーも必然的に多くなってしまうのでバテるのも早い。

アルメリアの迷宮に潜っていたころは、神聖魔法で疲労を軽減するということもできた。

だが、ここではそれはできない。

だからこそ今一度初心に戻り走り込みから始めるのだ。

マラソンをすること一時間、次は筋トレだ。

本来であれば器具を土魔法で創り、ウェイトトレーニングなどをしたいのだが、残念ながら俺が住む部屋に器具を置くスペースはない。

ここはプランクやクランチ、スクワットなどの自重トレーニングで我慢する。

それが終われば、あとはひとすら素振り。

キュルスを相手にイメージしながらひたすらに石剣を振り続ける。

マラソン一時間、筋トレ一時間の後の素振りはめっちゃキツイ。

キュルス戦も余計な力が入っていたため、かなりきつかった。

しかしそれもいい経験。

疲れたときにも剣筋を乱さず、正確な一撃を打ち込めるようになるのを目標に、一心不乱に左右の手で石剣を振り続けると、もう腕はパンパン。

自室の風呂で疲れと汗を流すと、ゴンとカールが起きてきた。

「ようマルス。早いんだな」

「おはようございます」

起き抜けの二人を誘い、五階の食堂へ向かうと、すでにご飯を食べている学生たちの姿が。

他のクラスの者たちらしく、入学して間もないせいか皆が相手との距離感を探っているような印象を受ける。

気さくに話しているのは俺たちくらい。

そこに続々とEクラスの男子生徒たちが食堂に上がってきて大きな輪を作る。

昨日俺がキュルスにボコされてからというもの、Ｅクラスには不思議と連帯感が生まれていた。

それはゴンたちも感じ取っていたらしく、

「マルス！　今度のクラス替え試験はみんなで結果を残そうぜ！」

と、腕をまくりながら息巻く。

「ああ！　頑張ろう！」

実際ここにいる黒いラインの制服……つまりＤクラスの生徒たちはＥクラスの生徒とあまりステータスに差がない。

違いがあるとしたらＤクラスの生徒はほとんどが魔法を使うことができ、貴族の子供が多いことだ。

もちろんＥクラスの生徒にも魔法を扱える者はいるが、それは魔法使いだけ。

前衛で魔法が使える者はいない。

ただＥクラスの生徒が勝っている部分もある。

それはＤクラスの生徒たちはパワーレベリングに頼っていたのか、レベルのわりにステータスが低い。

対してＥクラスの生徒たちは平民が多く、パワーレベリングをしてないせいか、ステータスは低いものの、同じレベルまで辿《たど》り着ければ入れ替えのチャンスは十分だ。

参考までにＥクラスで一番伸びしろのありそうなゴンのステータスを載せておく。

【名前】ゴン
【称号】－
【身分】人族・平民
【状態】良好
【年齢】十一歳
【レベル】8
【ＨＰ】75／75
【ＭＰ】20／20
【筋力】32　【敏捷】30
【魔力】10　【器用】15
【耐久】30　【運】1
【特殊能力】剣術　Ｃ（Ｌｖ３／15）
【特殊能力】斧術　Ｅ（Ｌｖ２／11）

ゴンのステータスがこのクラスで一番低い。なんなら受験に落ちた者よりも低い。

なぜこれで受かったのかというと、恐らく特殊能力が二つあるからというのと、やはり伸びしろなのかもしれない。

カールも特殊能力が少し違うがほぼ同じ能力。

ちなみに鑑定したとき、ゴンは鑑定に気づいていなかった。

昔サーシャが言っていたが、魔力が高い者や、経験を積んだ者であれば気づくと言っていたからな。ゴンはまだまだこれからということだろう。


皆と朝食を摂ってから学校へ。午前中は魔法の授業だ。

「まずは自分が使える魔法、もしくは覚えたい魔法を言いなさい」

先生に言われ、それぞれが希望を伝える。

ダントツで人気なのは水魔法。

特に現在魔法が使えない者……ゴンやカールは全員水魔法を選択していた。

やはり遭難したりしたら水は必要だからな。いいチョイスだとは思う。

逆に人気がないのは風魔法。

レベル１で習得できる魔法が《ウィンド》のため、使いどころが難しいというのが原因だ。

風魔法を得意とする俺からすれば寂しい限りだが、人を選ぶのは確か。

ゴンたちが選択した水魔法の授業だが、クラリスの言った通り水着が必要とのこと。

学校で用意される水着というのを先生が皆に見せたのだが、女子生徒からは不満の声があがる。

センスに自信がない俺が見ても引くレベル。

年頃の女の子がベージュというかカーキというか……そのような色の水着を身に着けたいとは思わないだろう。

一方で俺が選択した火魔法を受講するのはたった三人。

俺の他には火魔法使いの女の子が二人。

二人はもう一種類の魔法を覚えるよりかは、まずは火魔法を伸ばしたいとのこと。

そんな俺たちは火魔法の先生に連れられ、体育館のようなところへ移動する。

火を扱うのだから当然換気はバッチリだ。

「早速だがみんなの火魔法の威力を見たい。あそこにある木でできたマネキンに《ファイア》を放ってみてくれ。あの木はフカキと言い燃えにくい木だから遠慮することはない」

女子生徒二人の手からは小さい炎が発射され、どこか女性を連想させるマネキンに着弾する。

「うむ。まぁまぁだな。じゃあ次」

先生の言う通りマネキンはまったく燃える様子がなく、次は俺の番。

「はい！　よろしくお願いします！」

意気込んだ俺は、女子生徒たちよりも何倍もの大きな炎の塊をマネキンに向かって放つ。

「お、おい！　やめろ！」

炎を見て慌てる先生。

「え!?」

やめろと言われてももう遅い。

俺の手から離れた炎の塊がマネキンを覆いつくし、灰色の粉となって散った。

「あ……あぁ……俺のハンナちゃんが……」

ぼそりと呟き項垂《うなだ》れる先生。

「キモ」

「最悪」

先生の声が聞こえたのか蔑む目で先生を見やる二人。

二人の視線に気づき、短く咳払《せきばら》いを一つ。

「ではこれから火魔法の授業を始める」

何事もなく授業を始めるが、女子生徒からの冷たい視線は授業が終わるまで続いた。


昼食をクラリスたちと摂り、午後は剣術の授業。

そしてまたも俺の前に現れるキュルス。

「よぉ。今日もボコっていいか？」

お前、本当に教育者か？

クラスメイトからも同情の声があがる。

しかし、俺としてはありがたい。何せ入学するまでの間、目標となる人間がいなかったからな。

このままでは絶対に終われない！

そう決意しながらキュルスの剣を喰らい続けた。

# 第6話　カレン

「迷宮試験のこと聞いた？」

　数日後の放課後、クラリス、エリー、ミーシャの三人と校内を見学していると、クラリスに問われる。

「迷宮試験？　知らないけど？」

「学生証が発行され次第、迷宮に潜るんだって。その結果次第で正式にクラスを決めるって、担任の先生に聞いたんだけど」

　情報の速さにもクラスによって差があるのか。

「そうかぁ。Sクラスって居心地いいか？」

　俺の質問に顔を見合わせる三人。

「うーん……競争意識が凄いかな。バロンとドミニクの」

　首を傾げるクラリスに、ミーシャも続く。

「そうだね。剣術の授業で二人ともバチバチだったし」

　ライバル関係ってことか。それはそれでいいことだけどな。

「序列一位のカレンはどうだ？」

　何の気なしに問うと、顔をしかめながらクラリスが答えてくれる。

「なんかとっつきづらいかな。今日も声をかけたんだけど素っ気なくて。何か悩みでもあるのかも。あと敬称はつけた方がよさそうよ。カレン様を取り巻く他のクラスの人たちがうるさくて。もちろん言葉づかいも……って噂をすればほら」

クラリスの視線を辿ると一人でどこかに向かうカレンの姿が。

特に行く当てのない俺たちの足は自然とカレンの後を追う。

カレンが向かった先は、今日俺が火魔法の授業を受けた体育館。

火魔法の訓練だけは、指定された場所でしかできない。

この辺で適当に訓練して建物とかに引火したら大変だからな。

「ちょっと見てみようよ」

ミーシャが体育館を覗こうとするのに対し、

「ミーシャ、悪趣味よ」

と、言いながらもクラリスも後に続く。

まぁ俺もカレンがどのような訓練をしているのか興味ある。

エリーの手を引き体育館を覗くと、そこには信じられない光景が。

赤白い火の玉がカレンの意のままに宙を舞い周囲を駆け巡る。まるで火の玉自体に命が宿っているのか思えるほどだった。

「綺麗……《ファイアボール》ってあそこまで自在に操れるのね……」

無意識なのかクラリスが口にすると、カレンがこちらに気づく。

同時に何の余韻もなく火の玉が消える。

「あなたたち……」

こちらに近づいてくるカレンに対し、正直な感想を伝える。

「勝手に見てすみません。ですが本当に凄くて感動しました。今度僕にも教えてください」

が、カレンの反応は冷めたものだった。

「顔は文句なしだけど、色なしではね。あなたたちもこういう男には騙《だま》されてはダメよ。もしも酷い目にあったら私に言いなさい。それとね。学友として忠告しておくけどむやみやたらに人を鑑定しない方が身のためよ」

色なしというのは制服にラインが入っていない。つまりEクラスの蔑称だろう。

それと入学式のとき俺が鑑定したのはバレていたか……と、感心している場合ではなかった。

この言葉にエリーがキレたのだ。

「……許さない……！」

敵意を剥《む》き出しにしてカレンに襲いかかる。

「エリー！　やめ……」

しかし、俺が言うよりも早くカレンの眼が先にエリーを捉えると、エリーは慣性の法則に逆らい、その場でピタリと静止した。

「────っ⁉」

「男に興味を示さなかったあなたがこれほどまでに反応するとはね」

これが魅了眼⁉　いや、魅了眼は異性にしか発動しないと聞いたから束縛眼か。

が、今はそんなことに感心している場合ではない。

いまだにカレンに対して敵意剥き出しのエリーの肩を抱き、

「突然襲い掛かろうとしたのは謝ります！　だからエリーの束縛を解いてください！」

カレンにエリーを解放するように要求する。

「もう動けるはずよ。エリー、気分を害したのであれば謝るわ。これだけは覚えておいて。わたしはあなたと敵対する意思はない」

真紅の髪を揺らしながら退出するカレンの後姿を、俺の視線はいつまでも追っていた。


「あれが束縛眼か……どんな感じだった？」

カレンが体育館を去ってしばらくしてから俺たちもその場を後にした。

「……動けない……」

悔しそうに答えるエリー。

束縛眼だけでかなり強いのに、異性に対しては動きを自由に操れるってチートすぎるだろ。

「エリー。明日カレン様に会ったら謝るのよ」

クラリスがエリーを諭すが、

「……嫌だ……マルス……バカにした……」

首を振るエリー。

「言い方は悪かったかもしれないけど、私たちを心配してくれたのは確かよ。ちゃんと話して謝るの。私も一緒に謝るから」

「私も一緒に謝るよ。もとはと言えば私が覗きに行ったのが原因だし」

クラリスとエリーの説得にあい、ようやく納得してくれたエリー。

翌日無事に謝ることができたそうだ。


さらに数日後の四時。

朝練を済まし、時間に少し余裕があったので火魔法が使用できる体育館へ向かう。

先日見たカレンの《ファイアボール》が忘れられず、時間に余裕があるときは、一人で訓練をしているのだが、何度やってもカレンのように意のまま操ることができない。

どうやったら勢いよく飛んでいく《ファイアボール》を静止することができるんだ？

それにゆっくり飛ばせば九十度くらいであればなんとか曲げることはできるが、カレンのように百八十度反対方向に進路を変えることもできない。

火魔法の先生に聞いても、お手上げとのこと。

今日もダメか……肩を落とし、踵《きびす》を返すとそこにはカレンが立っていた。

「あなた前衛ではなく魔法使いだったのね。それもかなりの火魔法使い。その体つきに騙されたわ」

まさかカレンから話しかけてくれるとは予想もしていなかった。

あれだけ俺のことを嫌っていたのに。

「ええ。確かに僕は魔法使いです。でもカレン様のように《ファイアボール》を止めたりできない。諦めるつもりはないですが」

カレンの横を通り過ぎようとすると、意外な言葉が返ってくる。

「止めるのではないの。その場で回転させるのよ」

「えっ？」

「だから、《ファイアボール》をその場で止めようとするから失敗するのよ。最初は小さい円を描くように回転させることを意識するの。慣れてきたらその円を徐々に小さくしていくとそのうち止めることもできるようになるわ」

カレンが手本を見せるかのように《ファイアボール》を発現させると、真っすぐ飛ばした。

そして止めたい位置に《ファイアボール》がくると、火の玉が大きく円を描く。

徐々にその円が小さくなり、最後にはピタリと静止した。

なるほど！　そういうことか！

「ありがとうございます！」

「慣れるまで時間がかかると思うから、少しずつやりなさい。あとＭＰの残量にも気をつけることね。やりすぎると授業に支障を……えっ⁉　どうして？」

どうやらカレンは俺のことを鑑定しようと思ったらしいが、できない様子。

やはり俺には鑑定は効かないのだろう。

「僕は特異体質らしくて鑑定ができないようです。それどころか魅了眼も効かないってリーガン公爵が仰ってました」

「魅了眼も？」

「はい。試しにやってみますか？」

驚くカレンに問いかけると、

「いえ……リーガン公爵の魅了眼が効かないのであれば間違いなく私の魅了眼も効かないわ。あれは燃費が悪いからむやみやたらに使うものではないし」

へぇ……燃費が悪いのか。いいことを聞いたな。

ってことは魅了眼を主で戦う場合、長期戦だと苦しくなるということか。

「でもどうして僕に教えてくれたのですか？」

この前とは明らかに態度が違うので聞いてみると、少し寂しそうな顔を見せる。

「ほとんどの一年生は水魔法の授業を選択するじゃない？　水魔法を習得すると火魔法が覚えづらいというのは知っているでしょ？」

これは学校に入ってから知ったのだが、火魔法と水魔法、土魔法と風魔法は対になっており、それぞれどちらかを覚えると、どちらかが覚えづらくなるらしい。

「はい。授業で習いました」

「一年生に限らず、どの学年でも水魔法ばかり取る生徒ばかりじゃない？　そのため火魔法を扱える者が必然的に減るの。その状況がどうしても許せなくて。火魔法が水魔法よりも劣っていると言われているみたいで」

「でも先日僕が教えてくださいと言ったとき、教えてくれなかった気が……」

あのときカレンの言葉でエリーがキレたから鮮明に覚えている。

「私に取り入ろうと教えてくださいと言って近づいてくる人がたくさんいるのよ。申し訳ないけどあなたもその内の一人かと思ってしまっただけ」

確かにそうやってお近づきになるのが一番手っ取り早いもんな。

「そうだったんですね。僕の方も誤解していたところがあったようです。色々教えていただきありがとうございました！」

体育館を後にする俺に対し、体育館に入るカレン。

少し歩き振り返ると、煌々《こうこう》と輝く《ファイアボール》がまだ明けない闇を照らしていた。


「カレン様と何かあった？」

その日の放課後、四人で過ごしているとクラリスに聞かれる。

いつも話しているときとは違い、声に緊張がこもっていた。

「ああ。朝練やっているときにカレン様と会ってね。火魔法のことを聞いたんだ」

カレンとの会話をそのままクラリスに伝える。

「そう……カレン様は火の紋章のフレスバルド公爵家次女だから、火魔法に対する思いは人一倍強いのかもしれないわね……ってマルスは朝練やってるの？」

「ああ。キュルス先生に早く勝ちたいからね。マラソンをやって、筋トレを経てから素振りをしているんだ。三日に一度、超回復のために筋トレを休むからそのとき火魔法の訓練をしに行くんだけど、たまたま今日だったんだ。それがどうかしたのか？」

「うん……珍しく……いえ、初めてカレン様から声をかけてきてくれたの。マルスのことを教えてくれって」

「あ、私も今日聞かれたよ？　なぜマルスがEクラスなのかって」

クラリスだけでなくミーシャにまで？　直接聞いてくれればいいのに。

「もしかしたら同じ火魔法使いとしてシンパシーを感じてくれたのかもしれないな」

火魔法使いが少ないことを憂いていたからな。

「ねぇ？　私も一緒に朝練やってもいいかな？　あっ、でも嫌だったらいいの……」

断られるのが不安なのか少し語尾が弱くなる。

「朝三時からだけど大丈夫か？」

俺が誰も誘わない理由はこれ。

さすがに早すぎると自分でも思う。

それにクラリスが早起きというのは知っているが、エリーは朝が非常に弱い。

誘ったらきっとエリーも来るだろうから、かわいそうな気がして誘えなかったのだ。

「当然！　絶対にやるわよ！　エリーはどうする？」

「……私も……一緒……」

やはりエリーも乗っかってきた。

「いいのか？　早いぞ？」

「……うん……頑張る……」

拳を握り笑顔を見せるエリー。

するとミーシャも小さく手を挙げる。

「私もいいかな？　ちょっと試してみたいこともあるし」

「よし！　じゃあ明日から三時に一年生校舎前集合でいいな？」

「「うん！」」

明日の朝からクラリスたちと会える。

俺の頭の中ではそれでいっぱいだった。

ミーシャの心中も知らずに。

翌一月二〇日
「はぁっ……はぁっ……やっと終わる……」

「……死ぬ……」

俺とクラリス、エリーにミーシャの四人でマラソンを始めてから一時間。

ミーシャが途中で脱落したが、クラリスとエリーは初日から俺についてきて完走を果たした。

「やっぱり二人とも凄いな。ついてこられないと思ったけど流石だよ」

土魔法で作ったコップに《ウォーター》を注いだものを、倒れ込んだ二人にそれぞれ渡す。

「ついていくのだけでも必死よ……マルスのようにインターバル走を取り入れられるようになるにはまだまだ先の話ね」

「……うん……無理……」

心肺機能強化のために始めたマラソンだが、実は全力でダッシュする時間を十分おきくらいに設けている。

戦闘中にギアを入れることもあるからな。

ちなみにミーシャは俺がギアを入れたのを見ると、なんと自身に《ウィンド》を唱え加速したのだ……明後日の方向に。

自身の背中あたりに手を当てて《ウィンド》を唱えたつもりみたいだが、実際には疲れてわき腹あたりを押さえて《ウィンド》を唱えたのだろう。

手入れされた植え込みに、豪快に吹っ飛び、開始十分で脱落した。

そのときすぐにミーシャを回収しに行くと、一人で帰れるからマラソンを続けてほしいと何度も言われたので、そのまま走り続けたのだが、やはり気になる。

疲労困憊《こんぱい》のクラリスとエリーに、ミーシャと別れたところに行くと告げると、クラリスの表情が少し曇る。

「マルス。ミーシャをお願いね。最近ちょっと思いつめているような気がして……」

思いつめる？　そんな様子なかったと思うが。

「分かった。じゃあ行ってくる。《サーチ》で周囲を探ったが誰もいない。神聖魔法を使うのであれば今だが、念のためエリーも警戒してくれ」

声を絞ってクラリスに伝え、その場を後にした。


ミーシャは植え込みの近くで俯きながら座っていた。

「ミーシャ。大丈夫か？」

俺が迎えに来たことに驚いたのか、

「え⁉　マルス⁉　うん……大丈夫だよ」

気丈に答えるが、慌てて顔を拭うミーシャの目は真っ赤に腫れていた。

「ちょっと失礼するよ」

ミーシャの隣に腰を下ろすと、しばらくしてミーシャがすすり泣く。

「クラリスも……エリリンも凄いよね……完走したんでしょ？」

何も答えずミーシャの言葉を待つ。

「……なんか私……みっともないね……クラリスは何でもできるし、エリーは近接戦闘のスペシャリスト。カレン様は学年一の火魔法使い……バロンとドミニクもそれぞれ長所があって……私だけ何もない。ただいつもみんなのご機嫌を窺って笑っていることしかできないよ」

徐々に感情が高ぶっていき、声を震わせるミーシャ。

体育座りをしながら膝に顔を埋めてさらに続ける。

「ごめんね……私から参加させてって言ったんだけど……明日からはさ、三人でやって。私がいるとさ、みんなに気を使わせちゃうから。三年前はさ、まだ二人の実力がちゃんと分かってなかったから文通でも一緒に頑張りたいって大きなことを書いちゃったりしたけどさ、成長した今なら分かるんだ。足を引っ張っているんだなって」

胸にため込んでいた感情が溢《あふ》れ出し、ダムが決壊したかのようにミーシャの頬を涙が伝う。

Sクラスに入り相当プレッシャーがかかっていたのだろう。

もしかしたら周囲の雑音も耳に入ったのかもしれない。

俺にですらその噂は流れてくるからな。

「ミーシャ。信じられないかもしれないが聞いてほしいことがある」

ミーシャと一緒に捕らえられたときのように、なるべく優しい声で語り掛けると、今にも消え入りそうな声でミーシャが返事をする。

「……うん」

「実は俺、あることが苦手で何度も何度も失敗したことがあるんだ」

「――――!?」

よほど驚いたのか顔を上げる。

「みんなができることが俺にはできないっていうのがいくつもあってな。ここでいうみんなというのはクラリスやエリー、Sクラスに入れるような人たちではなく、この学校に落ちた人たち含めてのみんなだ」

「そんな……本当に？」

「ああ。でも俺は諦めなかった。ずっとずっと努力し続けた。結果どうなったと思う？」

　前世の話だが俺であることは間違いない。

「マルスだからできるようになったよね？　マルスなら諦めずにできるようになるまで何度でもトライしそうだもん」

　ミーシャはかなり俺のことを美化しているようで、そうあってほしいという願望も含まれているのだろう。

「ミーシャの言う通り諦めてはない。でも結局俺には成し遂げられなかった。できることであれば、まだまだ挑戦したかったが、もうそれには挑戦できないんだ」

　こっちに転生してしまった以上、日本でもう受験なんてできないからな。

　いや、もしかしたら再度日本に戻れる方法があるかもしれないが、クラリスやエリーのいない日本に戻るつもりはない。

「……うそ……無駄だったってこと？」

　信じられないという表情で口元を押さえるミーシャ。

「結果だけ見れば無駄だったかもしれないけど、俺にとってそれは無駄じゃないんだ。一つの目標に向かってずっと努力をし続けられたって自分を褒めてやりたい。強がっているだけと思うかもしれないが、そんなことはない。実際今の俺を見て強がっている、またはみっともないと思うか？」

首がもげそうになるくらい激しく首を横に振るミーシャ。

「だったらミーシャもみっともなくないんじゃないか？　だってそうだろう？　ミーシャにはまだまだチャンスはある。むしろここで諦めてしまうほうがみっともないし、もったいないと思わないか？　まだ訓練初日だぞ？」

「……」

返事はないが、徐々にミーシャの顔が引き締まっていく。

あともう一押しだ。

「俺もミーシャと一緒に訓練をしたいし、成長したい。どうだ？　これからも一緒に訓練をしないか？　足掻《あが》いてみないか？」

「……いいの……？　また一緒にやって？」

ミーシャの目に涙と共に決意が宿る。

これからもう大丈夫だな。

「ああ。一緒に頑張ろう」

立ち上がり手を差し伸べると、すぐに手を取ってくれるミーシャ。

「ありがとう。あとマルスに一つ言わないといけないことがあるんだけど、聞いてくれる？」

俺の目をまっすぐ見つめてくるミーシャに思わずドキリとしてしまう。

「え、ああ……なんだ？」

「えとね……言おうか言うまいかとても悩んだんだけどね……」

ミーシャの頬が赤く染まる。

もしかして……？　この展開は？　まさか？

「怒らないでね。さっき右手で鼻水ふいちゃって……」

「え？」

ミーシャの手が湿っていたのは、努力の汗と美しい涙かと思っていたが、まさかの鼻水？

「じゃあクラリスとエリリンのところに戻ろっか！　二人のことだから私のことを待ってくれてるでしょ？」

先ほどまでバテていたとは思えないほど元気なミーシャに手を引っ張られる。

俺とミーシャの手はクラリスたちの下へ着くまで離れることはなかった。


二日後。

今日も今日とて四人で朝練。

すぐにマラソンについてこられるはずもなく、途中でバテたミーシャを迎えに行って、おんぶして帰ってくるまでが、俺のマラソンメニューになった。

今日は筋トレの訓練をしない日。体育館へ向かい、俺は火魔法、女性陣は風魔法の訓練。

「ねぇマルス？　マルスって風魔法を自分に当てて加速したりしてたよね？」

途中ミーシャが問うてくる。もしかして《風纏衣《シルフィード》》のことか？

「もしかしてミーシャは見えるのか？」

誰にもツッコまれたことがなかったから、見えていないものだと思っていたが。

「うーん。はっきりとは見えないんだけど感じたんだよね。あれ私にも教えてよ」

風に愛されていそうな妖精族《エルフ》だから感じ取れたのだろうか？

「クラリスは俺が風を纏っていたのを知っていたか？」

「いえ、まったく気づかなかったわ」

ずっと近くにいて魔力の高いクラリスが分からないというのであれば、種族かもしくは才能値によるものか。

どちらにせよ、感じ取れているのであれば、ミーシャも覚えられるかもしれないな。

「ああ、分かった。じゃあまずは丹田に魔力を溜《た》めて、それを体中に循環させる感覚で……」

ミーシャに《風纏衣《シルフィード》》を教えていると、体育館の入り口から声がかかった。

「あら？　今日は全員いるのね？」

そこには火魔法の訓練をしにきたであろうカレンの姿が。

「「「おはようございます。カレン様」」」

エリーだけは、カレンに対し目もくれずに俺に熱い視線を送ってくれている。

「ええ。おはよう」

挨拶を済ませすぐに火魔法の訓練を始めるカレン。

右手を前に掲げたカレンの周囲を煌《きら》めく炎が舞い踊る。

躍動する《ファイアボール》に目を奪われ、皆の目が炎の軌跡を辿っていると、突然《ファイアボール》が消滅し、カレンの表情が歪《ゆが》む。

「……まだ届かない……か」

　ぼそりと何かを呟くと、見ていたクラリスが拍手を送る。

「まるで夢の中にいるようでした！」

「うん！　もっと見たいです！」

　ミーシャも手を叩き感想を述べると、エリーは何も言わなかったが、誰よりも大きな拍手を送っていた。

「ありがとう。悪い気分ではないわね。でもまだまだよ」

　笑顔を見せるが、目の奥からは悔しさが伝わってくる。

「そうだ。マルスに一つ言い忘れていたことがあったわ。この前言った訓練の方法なのだけれども、大きく周囲を旋回させるのに一年。それを徐々に小さくさせて止めるまでが一年。反転させるのに一年かかると思った方がいいわ。私のように動かすにはもっと長い年月が必要になると思うけど、それが普通だから諦めないで頑張りなさい」

　そんなに時間がかかるのか。でも卒業までには今のカレンのようにできる可能性があるということだな。

　それに最高の先生であるカレンが同じ学校にいるのは心強い。

「教えていただきありがとうございます！　授業中何度もやっているのですが、なかなか思うようにいかなくて」

《ファイアボール》を発現させ、ゆっくりと周囲を旋回させると、

「あ、あなた⁉　もうそこまで⁉」

カレンの声が裏返る。

「いえ、まだゆっくりとしかできないです。背後までできてしまうと、消滅してしまったり、制御不能にもなりますから、まだまだですね」

「そ、そう……見えなくなった《ファイアボール》を操るのは、火に慣れ親しみ、イメージできるようにするしかないけど……訓練を初めて数日でそこまで操れるのであれば、あなたも火に愛されているかもしれないわね」

火に慣れ親しめばいいのか。

恐らくだが、短期間でカレンが驚くほど火を操れるようになったのは器用値のおかげだと思っている。

火魔法の才能値が低いからそれしか思い当たる節はない。

「あのー。もしよろしければ教えてほしいのですが、カレン様は何に挑戦しているのですか？　あそこでま火魔法を自在に操れているのに納得がいってなさそうだったので」

さっきの悔しそうな表情が気になったから問いかけてみると、カレンは腕を組み少し考える。

「そうね……迷宮試験が終わって序列戦が終わった後でよければ教えるわ。それまではそこにいる三人は同じSクラスのクラスメイトでもあるけど、ライバルでもあるのだから」

カレンはそう言い残して体育館を後にした。

「良かったね。クラリス。ライバルじゃなくて」

ミーシャが肘でクラリスをつつくと。

「な、何を言っているのよ。そんなんじゃないんだから！」

慌てて否定するクラリス。ん？　カレンはライバルと言っていたぞ？

「クラリス、カレン様を侮るなよ。一人でもこうやって頑張っているんだ。もしかしたら他にも努力しているかもしれない。俺たちもカレン様に負けないように頑張るぞ！」

皆に檄《げき》を入れると、何故か白い目で見られる。

「マルス、そうじゃなくて……違わないいんだけど違うの」

クラリスが困った顔を見せる。

「ねぇ？　マルスって鈍感？」

ミーシャが俺ではなくクラリスとエリーに聞くと、エリーがため息交じりに一言。

「……鈍感……」

結局三人が何を言っているのか分からぬまま、俺たちも体育館を後にした。

# 第7話　パーティ

「ねぇ？　マルスたちは迷宮試験のパーティ決まった？」

放課後。クラリスと二人、いくつもある体育館の中でも比較的大きなところで剣術の訓練をしていると、不意に聞かれた。

ちなみにエリーとミーシャも二人で接近戦の訓練をしており、他の学年の生徒も利用しているためかなり人が多い。

「パーティ？　決まってないけど？　クラリスたちは決まったのか？」

「ええ。三日後だからもう決めちゃおうって。私たちの場合は決めるも何も一つしか作れないんだけど、役割とかをね」

迷宮試験は三日後に決まったのか？

相変わらずクラス毎に伝達スピードの差があるな。

他のクラスはどのタイミングで聞くのだろうか？

他のクラスの奴と仲良くなったら聞いてみるか。

「参考までに聞かせてほしいんだが、役割はどうなった？」

「うん。前衛がエリーとドミニク。後衛がカレン様。ミーシャとバロン、そして私が中衛ね」

クラリスとミーシャが中衛というのは分かるが、バロンも中衛なのか。

まぁ勇者ってオールラウンダーな気がするよな。中衛なのも納得だ。

「でね。そのとき先生からちょっと変なことを聞いちゃって……一年生六人で作るパーティは私たちSクラスの一パーティだけなんだって。他のクラスは五人で作って、残り一人を先生なり上級生が入るって話なんだけど、マルスのクラスって二〇一人じゃない？　四十パーティ作ったら一人溢れるでしょ？　なんかその一人がマルスのような気がして聞いてみたのだけど……」

「そんな話、今初めて聞いたけど、やっぱ一人になるのは末席の俺だよな」

いくらクラス内で地位を確立しようとも試験を受けるまで俺は末席。

エリーとミーシャも同じ考えなのか心配そうな表情を見せる。

「まぁそれは仕方ないとして、五人で組むパーティの場合、上級生が入るのか。ってことはアイク兄もどこかに組み込まれたりするのかな？」

リスター国立学校に入学してからアイクを探しに行ったのだが、四年生になるとリスター連合国内のクエストを受注し、校外へ出る機会が増えるという。

リーガン公爵と会ったときの口ぶりからすると、アイクは元気にやっているようだから、心配はしていないが、もうそろそろ会っておきたい。

「そうえいばリーガン公爵と会ったときも言ってたよね。マルスにはお兄ちゃんがいるって。どんな人なの？」

興味が湧いたのかミーシャが話しに入ってくる。

「ああ、今年四年生でアイクっていうんだ。かなり強かったからSクラスだとは思うんだけど」

「マルスのお兄ちゃんだったらそりゃあ強いよね。でも四年生で一位を取ることは不可能だよ。グレンがいるんだもん」

やっぱりミーシャもグレンを知っているのか。

「相当強いらしいね。リーガン公爵だけでなくキュルス先生も言っていたからな。でもアイク兄は強さだけでなく人間としてもできているから、俺の目標でもあるんだ」

「へぇ……マルスにそこまで言わせる人だったら会ってみたいな」

「そうだな。迷宮試験中、他のパーティに組み込まれていないか探しておくよ。クラリスとエリーもアイク兄を見かけたら教えてくれ」

「分かったわ。久しぶりに私もお義兄様《にいさま》とお話がしたいし」

「……うん……探す……」

二人の協力を取りつけたところに、体育館に一人の男が入ってきた。

「クラリスにエリー、ミーシャじゃないか？　どうしてここに？　三人も参加するのか？」

長髪の男が髪をかき上げながら三人に問う。Ｓクラスのドミニクだ。たしかこいつも剣聖と呼ばれていたな。

「参加？　何を言っているのか分からないけど、この人に剣術を教えてもらってるの。ね？　マルス」

クラリスが木剣を置き、ドミニクに見せつけるように俺と腕を組む。

おかげで俺の右腕は大喜び。

それを見たエリーも負けじと左腕に、ミーシャは俺の背中に隠れると、周囲の男子生徒からは殺気を感じた。

それは目の前にいるドミニクも同じ。

「なんだ貴様は？　うちのクラスの女子に手を出して」

高圧的な態度のドミニク。

俺がEクラスだから余計にそんな態度を取っているのかもしれない。

「初めまして。マルスと申します。クラリスとエリーは僕の婚約者。ミーシャは大切な友達です」

こういう奴にははっきりと三人との関係性を示したほうがいいからな。

「婚約者!?　色なしのお前がSクラスの女子とか？　多少顔がいいくらいでそれは許せんな。ちょうどいい機会だからお前のメッキを剥がして、彼女たちの目を覚まさせてやる。剣を取れ」

有無も言わさず剣を構えるドミニク。

今日初めてこの体育館に来たけど、先ほどドミニクは参加しにきたのかと聞いてきた。

毎日、もしくは定期的にドミニクは人を集め、模擬戦をして腕を磨いているのだろう。

参加者や観客がもっと増えるかもしれないな。

クラス内で目立つのは仕方ないとしても、これだけの衆人の前で戦うのは気が進まない。

ドミニクの挑戦を受けるか迷っていると、さらにドミニクの挑発が続く。

「なんだ。ここまで言われても臆病風に吹かれたか。クラリス、こんな奴を見限って俺のところに来い」

ドミニクの挑発にキレたのは予想通りエリー。

「……あいつ……許さない……コロス……」

先ほどまで穏やかだったエリーの表情が豹変《ひょうへん》すると、

「うん！　私もドミニクが嫌いになった！」

ミーシャも槍《やり》を構える……が、ここでクラリスがそんな二人を制す。

「ドミニク。それ以上マルスを侮辱するのは私が許さない。マルスの一番弟子の私が相手になるわ。マルスと戦いたいのであれば私に勝ってからにしなさい」

まさかの発言に様子を窺っていた周囲の生徒たちがどよめく。

「何を言っているんだクラリス。毎日のようにクラリスは俺とバロンの試合を見ているだろう？　俺はSクラスで一番の剣の使い手。ひいては一年生で最強の剣士だ。こうやってみんなに集まってもらっているのは一年生では相手がいないから。聡明《そうめい》なクラリスであれば分かるだろう？」

ということは剣だけで戦えばドミニクはバロンよりも強いということか。

「あら？　女の私に負けるのが怖くて臆病風に吹かれたのかしら？」

こんなに怒り心頭なクラリスは初めて見た。

「くっ！　そこまで言うのであれば仕方ない！　しかし、俺が勝ったらこの剣聖ドミニクの女となれ！」

とんでもないことを言い出すドミニク。さすがにこれには納得できない。

「それはダメだ！　おまえがクラリスに勝った場合、俺が相手になる。もし俺が負けたらなんでも言うことは聞くが、彼女たちの意志ではない限り、クラリスやエリー、ミーシャをテーブルに乗せることはしない！」

こっちの世界では勝った方が女性を得たり、どうにかできるというのが常識なのかもしれないが、俺はそんな常識にとらわれるつもりはない。

「……まぁいいだろう！　そもそもそれが目的だからな！」

ドミニクが木剣を構えると、クラリスも置いてあった木剣を拾う。

もしドミニクがクラリス以上の強さの場合、クラリスが怪我《けが》を負う可能性もある。

そうならないためにもドミニクの鑑定は必須。

卑怯《ひきょう》と言われようが、クラリスの安全の方が上だ。

クラリスと正対し、余裕の笑みを浮かべるドミニクを鑑定する。

【名前】ドミニク・アウグス
【称号】―
【身分】人族・アウグス準男爵家当主
【状態】良好
【年齢】十一歳
【レベル】22
【ＨＰ】１３５／１３５

【MP】58／58
【筋力】55　【敏捷】55
【魔力】24　【器用】29
【耐久】50　【運】5
【特殊能力】剣術　B（Lv8／17）
【特殊能力】風魔法　E（Lv2／11）
【装備】疾風の剣

ドミニクは俺の鑑定に気づく素振りを見せなかった。

剣聖と呼ばれるだけあって剣術の才能値は俺と同じBで風魔法も扱えるのか。

冒険者でいうとD級冒険者クラスといったところ。

これであればクラリスが負けることはない。安心して見ていられる。

そんなことを知らないドミニクは、クラリスに対し余裕をかます。

「ほぅ……なかなかやるようだな。クラリス。だがな……俺の前に立ったことを後悔しろ！」

二人の木剣が交錯すると、ドミニクの剣が宙を舞う。

「────なっ⁉」

まさかの出来事に、俺とエリー以外の生徒全員が息を呑《の》む。

ミーシャもクラリスの強さを知らないのか目を見開く。

「剣聖様？　手加減は無用です。本気でかかってきてください」

剣を弾かれ呆然《ぼうぜん》とするドミニクをさらに煽《あお》るクラリス。

本来であればここで勝負ありなのだが、まだまだクラリスの怒りは収まらないらしい。

「今のは油断しただけだ！　次は本気で行く！」

再度剣を握り、鬼の形相でクラリスに飛び掛かるドミニク。

何度か剣戟を交わすも、またも剣を弾き飛ばされ、ドミニクの腹に強烈な一撃が打ち込まれる。

「ぐはっ!?」

その衝撃に腹を押さえうずくまると、止《と》めの一言が突き刺さる。

「剣聖様？　私は本物の剣聖に剣術を教えていただいております。剣聖と名乗るのであれば、少なくとも弓使いの私に勝っていただかないと、剣聖の名前がかわいそうですよ」

見下すクラリスに、唇をかみ反論できないドミニク。

本物の剣聖って誰のことだ？　俺じゃないよな？

衆人の前で恥をかかされて悔しいだろうが、これはドミニクが蒔《ま》いた種。

圧倒的なクラリスの強さに生徒たちも酔いしれる。

「かわいかったぞ！」

「次は俺と一戦交えてくれ！」

「俺にも色々教えてくれ！」

……これは強さに酔いしれているんだよな？

「ごめん！　ちょっとやりすぎちゃった！　行こう！」

逃げるように体育館を後にした。


「クラリスって剣術もあそこまで強かったんだ!?　接近戦だと一番じゃん！」

興奮冷めやらぬミーシャに対し、クラリスが否定する。

「そんなことないわよ？　接近戦であればエリーに勝てないし」

「えっ!?　エリリンはもっと強いの!?」

何故か驚くミーシャ。

「武術の時間、ミーシャはクラリスとエリーと矛《ほこ》を交えないのか？」

同じクラスだから当然だと思ったのだが、Ｓクラスらしい回答が返ってきた。

「私は剣が使えないじゃん？　だから槍術《そうじゅつ》の先生とマンツーマンで指導してもらっているんだ。武術の授業は私一人なんだよ。私だけでなくてカレン様も基礎体力を中心に鍛える授業で、マンツーマンで教えもらっているし」

俺たちＥクラスの武術の授業は剣士だろうが槍士だろうが、同じ先生が教えてくれるが、Ｓクラスはそれぞれの適性にあった先生が就くのか。

「クラリスとエリーはバロンとドミニクの二人と模擬戦はしないのか？」

「しないわね。なんとなく見ていてどのくらいの強さかは分かっていたから、私としてはエリーと訓練していた方が自分のためになるかなって。ことある毎に剣術を教えるってバロンとドミニクに言われはするけど、間に合ってるからってお断りしていたのよ」

やはりちょっかいは出されていたのか。

まぁこれで剣術を教えるという口実でクラリスに近づくことはしてこないだろうから、少しは安心だな。

「ねぇ聞いてもいい？　私もクラリスやエリリンのように強くなれるかな？」

話を聞いていたミーシャが問うてくる。

「そうだな。ミーシャの槍捌《さば》きを見ていてセンスを感じるからきっと強くなれるさ」

俺が言ったことは気休めではない。ミーシャも類い稀《まれ》なる才能を持っているし、やる気もある。

自信をもって断言すると、ミーシャが目を輝かせ、

「ありがとう！　じゃあマラソンでマルスにおぶってもらったあと、槍術の訓練もしなきゃね！」

マラソンのあと俺がおぶるのは前提となっているらしい。

まぁ体力がつくまでは仕方ないよな。

俺もミーシャをおぶって走ることでいい訓練にもなるし、ミーシャと会話しているのも楽しいから一石二鳥。

明日、朝練で会うことを約束し、寮へ戻った。


翌日の午前中。

「よし！　今日は迷宮試験のパーティを決める！　まずは五人のパーティを組んでくれ！　好きに組んでもらって構わないが、最後に先生の方でバランスを取るからそのつもりで！」

先生が言葉を締めると、Ｅクラスの生徒が一斉の俺の机の周りに集まる。

「マルス！　俺と組もうぜ！」

「いや、ここは俺たちだろう！」

「マルス君。私たちとどう？　女の子四人だよ？」

いやー、モテるって辛《つら》いね。

誰と組もうかなぁ……ってウキウキで考えていると、

「言い忘れていたがＥクラスは二〇一人だから末席のマルスには別の者と組んでもらう。どこのパーティにも入れないように」

予想はしていたよ？

クラリスにも言われたよ？

でももう少しモテモテを味わわせてくれてもいいんじゃない？

と、ドスの利いた声が俺を呼ぶ。

「おう！　マルス！　お前は俺と組むことになったからな！」

みんなお分かりの通り、キュルスがいつものように、しかめっ面で教室内に入ってくる。

お前俺のこと好きすぎだろう⁉

毎日のように俺をボコして、迷宮までついて来るなんて。

あれだけ俺の席の周りには人だかりができていたのに、サーっと潮のように引いていく。

「はぁ……なんとなく予想はついていたのでいいですが、あとの四人は誰ですか？」

俺の予想ではサーシャも一緒かなと思っていたのだが、キュルスからは絶望の三文字が。

「デュオだ」

「デュオ⁉　またまたぁ……」

…………

…………

……

「えっ⁉　まさか本当にデュオですか⁉」

いつまで経ってもネタバラシがこなかったので不安になって担任の先生に問うと、

「ああ。マルスはキュルス先生と二人でと、リーガン公爵から直々《じきじき》に話をいただいている」

なんてこった。モテるって辛いとは言ったが、こんなに辛いとは思いもしなかった。

「おう！　俺とマルスのパーティは決まったから、このまま剣術の授業に連れて行く！」

キュルスが担任の先生に声をかけると、担任の先生も早くキュルスに出て行ってほしいのか、

「好きにしてください」

と、貢物のようにキュルスに俺を売る。

くそ……いつか絶対にお前に勝って見せる！

そう心に誓い、今日もキュルスに滅多打ちにされた。

――放課後

「いててて……」

キュルスにボコられたところをクラリスに治療してもらう。

もちろん放課後の校内では神聖魔法など使えないので、包帯を巻きなおしてもらう程度だが、クラリスに巻いてもらうと早く怪我が治る気がするのだ。

実際には寮に戻って一人になったタイミングでヒールを唱えるんだけどね。

「最近、怪我の度合いが酷くなってない？」

心配してくれるクラリス。

「まぁ手加減してくれなくなったのは確かだね」

これに関してはなんとなくだが理由が分かる。

恐らくだが手加減をする余裕がなくなったのだろう。

今までは防戦一方、凌《しの》ぐだけで精一杯だったが、少しだが俺が攻め込むターンも出てきた。

それに模擬戦が終わったあとのキュルスの汗の量も多くなり、顔には出さないが、もしかしたら俺よりも疲れているかもしれない。

着実に朝練の成果が出ているのだろう。自分でも強くなっているのが分かる。

「そういえば、予想通り迷宮試験は俺だけ一人でパーティというかデュオだったよ。しかも相手はキュルス先生」

これには皆が苦笑いを浮かべるが、

「私的にはマルスがキュルス先生と二人で良かったな。女子生徒と組まれるとやっぱり気になっちゃうもん」

「……ずるい……キュルス……でも安心……」

「そうだね！　マルスに悪い虫がつかないって思えばいいね！」

概ね皆も賛成のようだ。

「そういえばクラリス。あの話をマルスにしなくていいの？」

クラリスに話を振るミーシャ。

あの話？　気になるな。

「あ、うん……昨日ドミニクと色々あったじゃない？　それを見ていた上級生の人たちからパーティに入らないかって誘われて……」

一年生で最強の剣士と思われていたドミニクをあれだけ完膚なきまでに叩きのめすことができたのだからお誘いもくるよな。

しかし、ミーシャはそう思わなかったようだ。

「絶対にあの上級生たちはクラリスに対して下心があるよ。だってクラリスを見る顔がいやらしかったもん」

「変なことを言わないで。そんなことないんだから」

クラリスは否定するが、ミーシャの言った通りだろう。

「クラリス。今の俺がパーティを作っても、昨日のドミニクのように色なしの俺がSクラスのクラリスたちと同じパーティというのが許せないという輩から絡まれるかもしれない。Sクラスとは言わずともAクラスやBクラスには上がれるように頑張るから、それまで俺を信じて耐えてくれないか？」

急にSクラスになったりすると目立つだろうから、ここは少しずつ慎重にだ。

「うん。分かった。待ってるから頑張ってね」

クラリスが俺の顔を覗き込みながら微笑む。

期待を裏切るわけにはいかない。

そう決意し、今日も体育館に汗を流しに行った。

# 第8話 迷宮試験

「すげぇぇぇえええ！！！　こんだけの数の馬車初めて見たし、乗るのも初めてだぜ！」

　正門に並ぶ大量の馬車にゴンは大興奮。

　今日はこの学術都市リーガンから、同じリーガン公爵にある迷宮都市アラハンへ出発する日。

　一年生、上級生、職員含めて総勢六〇〇名以上が約五十キロメートル離れたアラハンへ一斉に移動するのだ。

　馬車の数も百を超える。

「早く馬車に乗りたいよな！　狭い室内に若い男女が三人ずつ……何もないわけないよな！」

　ゴンが妄想を膨らませる。馬車での移動は原則パーティ毎。一パーティに一台。

　ゴンのパーティはカールを含めた男三人に、ティアンとネルカという俺と一緒に火魔法の授業を受けている二人の女性。

　そこに上級生が一人加わって編成されたのだが、その上級生が女性だったのだ。

　男子三人、女子三人で乗る馬車はさぞ快適だろう。

　それに比べて俺は……。

「おい！　マルス！　俺の荷物も持てや！」

　キュルスが荷物を俺に押し付けてくる。

何度も言うが馬車は一パーティに一台。

俺のパーティメンバーはキュルスのみ……ってことはあの空間にずっとキュルスと二人きりなのだ。

ゴンが羨ましくて仕方ない。

キュルスの荷物を馬車の中にしまっていると、クラリスとエリー、そしてミーシャがの三人が顔を見せに来てくれた。

「どう？　マルス？　準備終わった？」

「ああ。今キュルス先生の荷物を入れ終わったところ。そっちは？」

「ええ。準備は終わったわよ……ちょっと気まずいけど」

苦笑いのクラリス。まぁドミニクと一緒だとそうなるよな。

「でもクラリスたちの馬車だけ豪華で大きいよな。旗も掲げられているし」

先頭に停めてあるクラリスたちの馬車を見る。

旗にはリーガン公爵家の本の紋章。その紋章の中に大きな蓮《はす》の花が刺繍《ししゅう》されている。

これはクラリスたちのパーティ【花蓮】の団旗らしく、もう一つのSクラスの【紅蓮】も専用の団旗が用意されているとのこと。

「おい！　オメェらは出発だろ！　早くいけ！」

せっかくクラリスたちが来てくれたというのに、キュルスが邪魔だとばかりに追い払う。

実際俺たち一年生の先頭を走る【花蓮】の出発時刻は迫っているのだが。

「すみません。すぐに戻ります。マルス、しばらく会えないかもしれないから……頑張ってね」

アラハンの街に着いたらパーティでの行動となるため、クラリスたちとはいつ会えるか分からない。

「ああ。寂しくなるけどみんな気をつけてな。無理はしないように」

クラリスをハグすると、次は私の番とばかりにエリーも腕の中に収まる。

「……私もいい？」

それを見ていたミーシャが照れた表情で問うてくる。

ちらりとクラリスに視線を向けると微笑みながら頷く。

「ああ、ミーシャも焦らなくていいからな」

三人とお別れのハグをし終え三人の背中を見届けていると、キュルスが一言。

「ちっ！　ガキが……色気づきやがって！　オメェも早く入るぞ！」

キレ散らかし馬車の中に入っていくキュルス。

馬車という檻《おり》の中、猛獣と過ごす数時間は耐えがたいものだった。


牢獄《ろうごく》に揺られること六時間。

最後尾を走っていた俺とキュルスが乗る馬車が迷宮都市アラハンに到着。

他のクラスのパーティはすでに宿に荷物を運び終えているようで、明日の迷宮試験に備え思い思いのところで作戦会議を開いている。

「キュルス先生。僕たちは明日、どのように動きますか？」

宿に荷物を置きに向かいながら明日の予定を確認する。

「オメェは迷宮に潜ったことはあるか？」

キュルスの表情は真剣そのもの。

「はい。何度かは」

「荷物を持って戦闘したことは？」

「多少ですがあります」

無難に答えると、

「荷物を背負っての戦闘訓練を授業でもしているが、実戦はまったく違う。魔物は一体じゃねぇし、接近戦をしているところに魔法が飛んでくる場合もある。俺たちは剣術の訓練をしながらゆっくり進むぞ。他のパーティの戦闘を外から見るというのもかなり役に立つ」

予想外に真っ当な答えが返ってきた。迷宮を舐《な》めるなということだろう。

明日に備えて早めにベッドに潜った。

――迷宮試験初日
迷宮の周りには俺たちリスター生。
今日から一か月、このアラハンで迷宮試験が始まる。
それぞれのパーティに職員、上級生が入っているだけではなく、迷宮内にも職員や上級生が俺たちとは別に迷宮に入り、一年生を見守ってくれるという徹底ぶり。

迷宮に潜るのだから怪我はつきもの。

それでもここで死人を出したことがないと、担任の先生が言っていた。

ちなみにだが、冒険者で一番死んでいるのがＥ級冒険者とのこと。

ペーパー卒業後、すぐに迷宮に潜ったり、討伐クエストを受けたりして死ぬらしい。

この学校に入ることによって、より安全にＤ級冒険者、Ｃ級冒険者となれるのがメリットの一つだ。

「じゃあみんな！　今から潜るわよ！　ついてきなさい！」

迷宮の前で高らかに宣言したのはＳクラス序列一位のカレン。

「「「おおおぉぉぉおおお！！！！！」」」

生徒たちが呼応すると一番に【花蓮】が迷宮の中に入っていく。

それに続くは迷宮の中で俺たちをサポートしてくれる職員、上級生たち。

そしてなんとその後に俺とキュルスが続く。

一年生のパーティとしては【花蓮】に続く二番目。

理由は簡単。

【花蓮】が最初に入ったのはただのデモンストレーション。

一番槍を序列一位が取ることで皆の士気をあげるのが目的とのこと。

そのためこの迷宮に入って最初に魔物を倒すのはカレンともう決まっており、役目を終えると最後尾まで下がるのだ。

【花蓮】を先頭に迷宮を進むと、俺の目には大部屋が飛び込んできた。

今まで見てきた大部屋よりも遥かに大きい。

魔物の群れもいくつかに分かれており、大部屋から先に続く通路がいくつも枝分かれしていた。

俺の後ろに続くEクラスのパーティが追いついたところで、【花蓮】が大部屋に突入し、先頭に立つカレンが魔法を唱える。

魔力の流れを見るだけで、俺たちがいつも使っている類の魔法ではないと瞬時に理解出るほどの魔力量。

「《フレア》！」

カレンが魔法を唱えてから数秒後、まるで地獄の業火の如《ごと》く燃え盛る炎の渦が、魔物の一団を襲う。

灼熱に気づいた魔物が反応しても逃げようとするが、《フレア》から舞い散る炎の花弁に触れるだけで魔物たちが燃え上がる。

「こりゃあ【紅蓮】をも超える可能性があるな」

キュルスがご機嫌に呟く。

確かに今の魔法はとんでもない威力。まともに食らったら骨も残らないだろう。

しかし、弱点も顕著。発現速度が遅すぎる。

風魔法使いであれば、唱えたのを見てからでも妨害が間に合ってしまうだろう。

優秀な前衛がいない限り、強敵相手には使えないな。

それに優秀な前衛がいたとしても、カレンを信じられるかという問題もある。

あれだけの熱量が交戦しているところに飛んでくるんだ。

絶対に自分には当たらないという確信がない限り、逃げ出してしまうだろう。

カレンのパフォーマンスにも似た魔法が一帯の魔物たちを焼き尽くすと次はいよいよ俺たちの出番！

「おぅ！　行くぞ！　マルス！」

キュルスの背中を叩かれ俺も大部屋の中に入ると、部屋の中にいたクラリスたちからの熱い視線に右手を掲げて応える。

いくら魔物がゴブリンやコボルトだとしても、気合が入らないわけがない。

背負ったバッグや毛布を地面に置き、火精霊の剣を左手に持つ。

いつもであれば剣を持つ手は右手。

しかし、打倒キュルスを掲げていた俺は剣術レベルアップのためにも毎朝左手でも素振りをした結果、今では左手でも剣を振ることができるようになっていた。

左手を試すにはちょうどいい機会。

剣を構え、体を屈《かが》めると、自重トレーニングと走り込みで鍛え上げられた筋繊維の一本一本が収縮する。

その状態で強く地面を蹴ると、反応できないゴブリンを一閃《いっせん》。

斬られたことを理解する間もなく、ゴブリンの首が宙に舞う。

右手に比べるとまだ繊細な感覚はないが、このくらいの魔物相手には問題ない。

よし！　これならいける！

次！　と思い近くの魔物の首を刎《は》ねようと思ったが、すでに俺の周りの魔物には首がついていなかった。

犯人は当然この男。

「ちっ！　相変わらず歯ごたえがねぇな！」

おいおい……B級冒険者がなに出張ってんだよ。

他の魔物たちもEクラスのパーティが対応しており、もう戦う相手がいなくなった俺は仕方なく荷物を取りに戻ると、俺の行く手を阻む者が一人。

「あなた、火魔法使いでは？」

赤い瞳からは俺を覗こうとする視線。

「え、ええ。火魔法も使えますが……」

カレンの前では魔法使いと名乗っていたんだった。

なんて説明するか……と逡巡《しゅんじゅん》するが助け舟？　が入る。

「テメェ！　暇さえあれば女とじゃれやがって！　早く来い！」

じゃれてはいないが、ナイスだキュルス。

「すみません。ボスがああ言っているので失礼します」

クラリスたちに視線を向け、キュルスのじゃれているという言葉を真に受けていないか確認するも、笑顔でエールを送ってくれる様子にほっと一安心。

荷物を持ちキュルスの背中を追いかけた。


順調に魔物を倒しながら進むこと数時間。

二層へ通じる部屋で戦闘をしていると、一人の職員が戦闘中の部屋に入ってきた。

「ようやく追いついたわ。ここが北の最前線？」

「多分な。サーシャはなんで来た？」

二人が俺の戦闘を見守りながら会話を続ける。

「いくらキュルスがいるといってもデュオでしょ？　ちょっと心配になってね」

ちなみにキュルスの答えたように迷っていなければ、俺たちが最前線で戦っているはずだ。

最初の大部屋を初めに抜けたのは俺たちで、それ以降誰にも追い抜かれていないからな。

が、サーシャの北のという言葉が気になるな。

「で？　マルスはどう？　あなたが二人でパーティを組ませてくれとリーガン公爵に直談判《じかだんぱん》しただけのことはある？」

へぇ。そんな経緯があったのか。二人の会話に聞き耳を立てる。

「まぁな。見てみろよ。あいつ利き手じゃない左手で戦ってやがる」

「ええ。それがどうしたの？」

「どうしたのじゃねぇよ。剣ってのはな、単純に振り回しているだけのように見えて、一振り一振り柄を持つ位置を変えたり、力の強弱を変えたりで繊細なんだぞ？　サーシャは弓を左手で引いて射ることができるか？」

試しにサーシャが弓を左手で射ようとするも、矢は飛ばず、その場に落ちた。

「確かに。そんなことをやってみようなんて思ったことがなかったから、考えが及ばなかったわ」

「だろぉ？　かくいう俺もさっき初めて左手で剣を振ってみたばかりなんだけどな」

キュルスが大声で笑い飛ばすと、サーシャが俺に声をかけてくる。

「マルス、魔物は一体だけ残しておくように。いいわね？」

魔物を一体だけ残すということは、リポップさせずに今日はここで休めということか。

一体だけ残して二人のもとへ向かうと、キュルスが手慣れた手つきで魔物を縛りあげる。

「お疲れ様。予想通りではあったけど、随分魔物と戦いなれているようね。戦いながら私たちの会話を聞いている余裕すらあったようだし」

サーシャはそんなところまで見ていたのか。

「そんなことないです。必死でしたよ」

謙遜するが、そんなのは透けているだろう。

「取り敢えず今日はここまでだ。明日に備えてお前たちはもう寝ろ。俺が見張っといてやる」

水魔法で湿らせたタオルをキュルスが俺とサーシャに投げつける。

先ほどのサーシャの言葉が気にはなったが、俺が早く寝なければ、その分キュルスが寝るのも遅くなる。

人って眠いと機嫌が悪くなったりするからな。ここは早く寝ておくのが吉だ。

「ありがとうございます。それでは先に寝させていただきます」

「ありがとうキュルス。私も休ませてもらうわ」

サーシャは濡《ぬ》れたタオルを持ち、俺たちが見えないところに消えていく。

まぁ俺たちの前で体を拭うわけにもいかないだろうからな。

サーシャが戻ってくる前に急いで体を拭うと、壁に寄りかかり毛布をかぶって目を閉じた。


ん？　この青りんごのような匂いは……。

目を開け匂いの元を辿ると、隣にはサーシャがちょこんと毛布から顔をだし寝ている姿が。

まるで絵の中から出てきたかのような顔に目が奪われそうになるが、同時に不安が襲う。

クラリスたち大丈夫か？　パーティで行動するということは間違いなく寝床も近い。もしも何かあったら……不安に苛まれていると凄みの利いた声が心臓に響く。

「さっきから何してんだ？　にやけたと思ったら、この世の終わりみてぇな顔をしやがって」

見られていたのか……恥ずかしい。

「いえ、他のパーティは今どうしているのかなって不安になってしまいまして」

「ああん⁉　【花蓮】のことか⁉　あっちのことは気にすんな！　ロレンツがこっそり監視して

いるはずだ！」

ロレンツって実技試験の試験官か。だとしたら安心だな。

キュルスの声が大きかったのか毛布にくるまっていたサーシャが目を覚ます。

「あら？　もう起きていたの？　キュルス、あなたもう寝なさい」

「おう。じゃあよろしく頼む」

サーシャに促され今度はキュルスが眠りにつく。

「サーシャさん？　質問させてください。北の最前線と言っておりましたが、もしかして階段は他にもありますか？」

寝る前に気になっていたことを質問すると、予想通りの答えが返ってくる。

「そっか。DクラスとEクラスはよほどのことがない限り二層まで潜らないから、知らされてなかったのね。東と西にもあるわ。三層からは二つ。六層からは一つだけになるの」

俺たちEクラスが周知されない情報もあるのか。

「もしかして【花蓮】は北からではなく、違うところから潜るのですか？」

「ええ。Aクラスと一緒に東側からよ」

追い抜かれなければ、クラリスたちに危険が及ぶことはないと思っていたが甘かったか。

「今度は私から質問させて。マルスは《ウィンド》を自身に当てて飛ぶようなことをしたことある？」

「いえ……そんな危ないこと考えたこともありませんでした」

「はぁ……そうよね……あの子は一体何を見たのよ」

　頭を抱え深くため息を吐くサーシャ。

　恐らくはミーシャのことだろう。《風纏衣《シルフィード》》を教えてはいるが、それとは別で今でもマラソン中に《ウィンド》を自身に当て、吹っ飛んでいくからな。

「最後にもう一つだけお願いがあるの。軽くでいいから私と魔法戦をしてくれないかしら？」

「ええ。僕もサーシャ先生と一度やってみたかったので、お願いします！」

「ありがとう。あなたは色々と隠したがる節があるから、こういう場でしかお願いできなかったのよ」

　色々考えてくれていたのか。ってこととはキュルスも？　いや、まさかね。

　鼾をかくキュルスから距離を取って、お互いの風魔法を交わらせた。


「予想はしていたけど、予想以上上ね」

　どこかスッキリとした表情で感想を述べるサーシャ。

「僕の方も勉強になりました。ありがとうございます」

　頭を下げるとサーシャが嬉しそうに続ける。

「今年の風魔法使いは大当たりね。マルスにミーシャ、それとヨハン。将来が楽しみね」

「ヨハン？　強いのですか？」

「ええ。Aクラスに在籍していて、ステータスはそれなりなんだけど、実戦経験が豊富なのか老《ろう》狡猾《かい》な立ち回りでね。他にも火魔法使いのヨーゼフと、ちょっと変わった戦い方をするミネルバという子も強いわ。この三人を含む計五名で【鎌鼬《かまいたち》】というパーティを結成しているのよ。ちなみにだけどその三人はSクラス候補に挙がっているわ」

みんな初めて聞く名前だな……ってかそれもそのはず。考えてみればAクラスを誰も知らないしね。

「でもあなたが気にするほどではないわね。今年の一年生で間違いなくマルスが一番強いわよ。次点でカレンね」

クラリスの評価はそこまで高くないのか。

目立っていないのはいいことなのだが、ちょっと悔しいな。

「じゃあ私はここで失礼するわ。無理しなければあなたたち二人だけでも大丈夫だし」

荷物をまとめて颯爽《さっそう》と去っていくサーシャの背中を見送り、猛獣が起きるのを待つことにした。

# 第9話　異変

――迷宮試験五日目夕方

「ふぅ……やっぱ久しぶりのシャバは気持ちいいもんだな！」

補給を兼ねて一度アラハンの街に戻ると、俺たちの他にも迷宮から戻って来た生徒たちの姿が。

その中にゴンの姿もあったが、いつもとは様子が違う。

「どうした？　ゴン？　悪い物でも食ったか？」

落ち込むゴンに声をかけると、

「マルスか。カールとティアンが怪我を……二人が回復するまで潜れないんだ」

ゴンが視線を落とす。

「調子に乗って俺が前に出すぎて……そしたらゴブリンメイジの《ファイア》が飛んできてな……ティアンがカバーしてくれたんだけど、意識が俺に向いてしまって……そのティアンをカールが庇《かば》ったから隊形が崩れて……」

後悔がゴンの心を支配し、熱い涙が地面に溶ける。

なんて声をかければいい？　同行していた上級生や、近くにいるはずの職員は何をしていた？

ゴンの涙を見て俺も感情を大きく揺さぶられる。

「おい、マルス。オメェが気にすることじゃねぇ」

キュルスが俺の肩に手を置くとさらに続ける。

「俺もよ。生徒が傷つくのは見たくねぇ。だがな、これは今のうちに経験しねぇといけねぇ痛みなんだ。周りに助けてくれる者はたくさんいただろう。しかしな、そこで助けちまうと経験ができねぇこともある。だから重傷にならねぇようであれば俺たちは手を出さねぇのか基本。カールとティアンの容態はどうなんだ？」

「はい……明日には全快になるだろうけど、念のためもう一日様子を見ろとのことです」

思ったよりも重傷でなくて良かった。

「二人に傷は残ったりするのか？」

「カールの腕に少し傷が残るかもって……ティアンの方は打撲ですんで傷は残らないだろうって」

俺の質問にゴンが答えると、

「男の傷は勲章だ！　見てみろ俺の腕を！　この傷一つ一つが仲間を救った証《あかし》！　今度はオメェが救えるように頑張るんだ！　負けんなよ！」

丸まったゴンの背中を思い切り叩くキュルス。

「はい！　ありがとうございます！」

痛そうにしながらも気合を注入され、ゴンの背筋が伸びる。

「おう！　俺はちょっと他のガキどもの様子を見てくるから、オメェらも早く体を休めろよ！」

ゴンと同じように俯く生徒たちは少なくなく、キュルスが全員に声をかけては背中を叩く。

その様子を見ながらゴンが俺に問うてくる。

「マルスたちは怪我をしてないだろ？　どうして戻って来たんだ？」

「ああ。食料の補給だな。俺は先生と二人で行動しているからポーターがいないんだ。でも明日からはキュルス先生が食料を持ってくれるから三層まで行くつもりだ」

昨日、一昨日、一昨々日と三日間にわたり、俺が一人でも二層で戦えることを確認したキュルス。一対一では強くても一対多では弱い者もいるからと慎重に俺の戦いを観察していた。

特に前衛は目の前の敵で一杯一杯になり、気を取られることが多いからな。

キュルスのいうことも頷ける。

「さすがだな。マルスが何層まで行けるかも楽しみだ。でも無理だけはするなよな」

「ゴンもな。キュルス先生の言う通りあまり思い込むなよ」

お互いの健闘を祈り、久しぶりのベッドで体を休めた。

――――迷宮試験六日目早朝
起きてから宿のロビーに向かうと、生徒たちから距離を取るように先生たちが集まっていた。

その中には深刻そうな表情をしたキュルスの姿も。

「おはようございます。どうかされましたか？」

「もうそんな時間か……ちょっとあっち行ってろ」

キュルスにシッシッと邪険に扱われ、待つこと数十分。職員と話し合いを終えたキュルスが俺のところにやってくる。

「じゃあ行くか。今日は俺が荷物を持ってやるから、三層を目指すぞ」

いつもよりも言葉に力強さがない。

「どうかされたのですか？」

迷宮に向かいながら聞くも、

「うるせぇ！　お前は自分のことだけを考えてろ！」

と、一喝されてしまった。

ただ何か良くないことが起こったということだけは分かる。

先生たちは何を隠している？

疑問を抱きながら迷宮の中に入った――

「オメェ、なんかいいことでもあったのか？　今日は随分剣が軽やかじゃねぇか？」

俺の剣に異変を感じたキュルスが問うてくる。

何か悩みを抱えているであろうキュルスには悪いが、どうやら俺の感情が剣に乗ってしまったようだ。

どうしてこんなにルンルンかだって？　それはもう少しでクラリスたちと会えるからだ！

初日以降一度もクラリスたちとは会っていない。

潜るルートが違うというのもあるが、クラリスたちは早々に三層へ到着し、そこを拠点に活動しているという。一層、二層をうろついていた俺が会えるわけがなかったのだ。

「そんなことないです。いつも通りですよ？」

キュルスにバレると何を言われるか分からないからな。

「……そうか……ならいい」

やはりいつもと様子が違う。

「朝からおかしいですよ？　何かあったのですか？」

怒られることを覚悟でまた聞いてみると、

「……ああ……いや、なんでもねぇ。このままのペースで潜るぞ」

物思いにふけるキュルス。

理由が分かったのは三層に辿り着いた翌日のことであった――

――迷宮試験七日目
「白い光が見えてきました！」

安全地帯の灯りが見えたことを報告すると、キュルスは返事もなく安全地帯へと駆ける。

俺もキュルスの後を追い、安全地帯の中に入ると、一人の職員と上級生が右往左往しており、一年生は満身創痍《そうい》といった空気が流れていた。

「おい！　状況を説明しろ！」

突然キュルスが大声を上げると、職員がキュルスの前に立つ。

「では最初から説明させていただきます！　一昨日、負傷したロレンツ先生から【花蓮】、【鎌鼬】一部のパーティメンバーが消息を絶ったと報告がありました！」

消息を絶っただと!?

どういうことかと詰め寄りたい気持ちを抑えて職員の言葉に耳を傾ける。

「すぐにここにいた先生方で現場に向かってもらい、残った上級生とAクラスの生徒たちで三層をくまなくさがしているのですが、現状見つかっておりません！」

ここにいる生徒たちが満身創痍なのは迷宮を駆けずり回ったからか。

「四層には先公だけで編成されたパーティがいるはずだろ!?」

「はい！　先生たちも探しているみたいなのですが、四層の魔物は脅威度Dの魔物も多数おります！　いくら先生方でもなかなか自由には……」

脅威度Dの魔物の群れを倒すのはできるだろうが、それが連戦となると辛いのかもしれない。

「誰が……誰が消息を絶ったのですか!?」

クラリスとエリーだけはやめてくれ！　すがるような気持ちで職員の肩を揺らす。

「詳細には分からないが、男二人と女二人がいなくなったと……」

くそ！　女二人ということはクラリスとエリー、ミーシャの誰かが含まれている可能性が高いということか！

ここでじっとしているわけにはいかない！

すぐに四層へ向かおうとすると、キュルスが俺の腕を力の限り掴む。

「離してください！　早く行かないと！」

キュルスの腕を振りほどこうとすると、

「三層と四層の地理を知っているのか⁉」

くっ！　キュルスの言う通り。キュルスが俺を止めるのも当然だ。

しかし、ここは強引にでも……退学になってでも行かなければならない……と思ったが、キュルスからは予想だにしない言葉が発せられた。

「安心しろ！　オメェも一緒に連れて行ってやる！　おい！　どこに【花蓮】たちがいるのか教えろ！」

俺の同行を許可し、職員に場所を尋ねるキュルス。

「南の階段から潜り、そこから東に進んだところとは聞きましたが……？　キュルス先生？　その子はEクラスですよね？　ここに連れてくるのも非常識ですが、四層ともなると……」

「うるせぇ！　俺に指図すんな！　問題というのであれば、またどこにでも飛んでやるよ！　行くぞ！　マルス！」

今度はキュルスが掴んだ手を引っ張り、安全地帯の外へ駆ける。

「ありがとうございます！　この恩は忘れません！」

「礼は全員が助かってから言え！　とにかく急ぐぞ！」

三層の安全地帯にいたのは十分にも満たなかった。

「おい！　ペース配分考えろ！」

キュルスに怒鳴られるが、そんなことを考えられるわけがない。

安全地帯からずっと走りっぱなしで、ようやく四層への階段まで辿り着く。

すぐに部屋の敵を殲滅《ほろめつ》し、東に向かおうとすると、

「そっちじゃねぇ！　東に向かうには西から大回りしなきゃいけねぇんだよ！　無駄な体力は使うな！　俺の後を走れ！」

焦れば焦るほどに空回りする。頭では理解できるが抑えることはできない。《風纏衣《シルフィード》》を展開し、前を走るキュルスを追い抜く。

目の前に現れる魔物はすべて俺が一刀両断。部屋の遠くにいる魔物は無視し、最短でクラリスたちの下へと走る。

四層に降りて一時間近く走っていたように思う。

ようやく通路に佇む数人の人影が見えた。

クラリスたちか!?　胸の鼓動が速くなるが、そこにいたのはサーシャを含む、四人の先生たちだった。

「マルス!?　それにキュルスまで!?」

サーシャが俺と、後から追ってくるキュルスを見て目を丸くする。

「サーシャ先生!?　どうしたのですか？」

「ええ。【花蓮】のところに向かっていたのだけれども、気持ちが逸《はや》りすぎて、受けた傷をその

ままにしていたらちょっと……」

サーシャ以外の先生二人に大きな傷こそ見当たらなかったが、小さな傷がかなり見受けられた。

小さな傷でも放置してしまうと、傷口が広がってしまったり、痛みで得物が握れなくなったりと危険が伴う。

だからこそ、少しの傷でも回復するまでは次の戦闘を行わないというのが鉄則なのだが、その余裕がなかったのだろう。それだけサーシャたちも焦っているということか。

「……はぁ……はぁ……テメェ……メチャクチャだな……どんだけ体力があるんだよ……」

キュルスが肩で息をし、顎からは大量の汗が滴り落ちる。

俺があまり疲れていない理由……それはマラソンを毎日欠かさずやっていたということもあるが、一番は《風纏衣《シルフィード》》を展開していたからだろう。

「もしかしてキュルスたちも【花蓮】の下に!?　だとしたら私たちも連れて行って！」

「ああ……オメェら歩けはするのか？」

傷を負った先生たちにキュルスが問うと、

「はい。剣や槍を振うときに痛みが走るだけで……」

申し訳なさそうな表情で答える職員。

「じゃあ、オメェらは俺が面倒を見てやるから、マルスはサーシャと一緒に【花蓮】の下へ急げ！　ただ、できるだけ道中の敵は倒していけ！　怪我人を庇いながらだとさすがにきちぃ」

キュルスが息を整えようと、ゆっくり周囲を歩きながら指示をだす。

「分かりました！　ではサーシャ先生！　急ぎましょう！」

サーシャの手を取り、この階層にいるはずの【花蓮】を目指した。

《風纏衣《シルフィード》》を展開しながら部屋を駆け抜ける。

キュルスに言われたように部屋の敵を殲滅しながら。遠くにいる魔物も《ウィンドカッター》で仕留めながらだ。

同行しているのがキュルスであれば、《ウィンドカッター》を使うことを躊躇ったかもしれないが、一緒に走っているのはサーシャ。俺のことを風魔法使いと知っている数少ない人物だ。

だから風魔法を惜しみなく使うことができる。

キュルスと別れてから十分ちょい。

通路を走っていると、見えてきたのは部屋の入り口あたりで鎖に縛り付けられている魔物の姿。

あの魔物はリポップされないように縛られている。ということはあの部屋の中に、もしくは近くに誰かいるはずだ！

頼む！　そこにいてくれ！　すがる思いで地面を蹴ると、えも言われぬ感覚が。

何だこの感覚は……これは……クラリスか？

期待と不安を胸に部屋の手前までくると、突然部屋からクラリスの姿が。その後ろにはエリーとミーシャの姿も。

「「マルス！」」

「クラリス！　エリー！　ミーシャ！　どうして!?」

「なんかマルスが近くに来てるって感じがして！　エリーも同じく気づいてくれて、ちょうど今通路を覗いてみようって！」

俺の胸に飛び込んでくるクラリス。エリーとミーシャもクラリスに続く。

やっぱりさっき感じたのはクラリスの気配か！

「ミーシャ！　良かった……」

少し遅れてサーシャが来ると、ミーシャの無事な姿を見てホッとしたのかその場で崩れ落ちる。

「お母さん！」

それを見てすぐに駆け寄るミーシャ。


良かった。クラリスたちが無事で。その思いで胸がいっぱいだった。

だからかもしれない。

えも言われぬ感覚に疑問を持たなかったのは――――

# 第10話　窮地

クラリスたちと互いの無事を喜びあい、部屋の中に視線を向ける。

そこには職員と思われる者たちが六名。生徒が四名の計十名の姿があった。

職員が多いと思ったが、そういえば四層では職員だけのパーティがいるはずだとキュルスが言っていたから合流できたのだろう。

「カレン様にバロン、ドミニクがいないのか？」

消息を絶ったという生徒は四名。あと一人は【鎌鼬】のメンバーか。

「そうなの。あとミネルバという子も。起きたときには四人の姿がなくて……」

ミネルバ？　そういえばサーシャがSクラス候補と言っていた人物か。

「その辺の事情、詳しく聞かせてもらうわ。皆のところに行きましょう」

「すみません……きっと僕とヨーゼフが体調悪いと言ったばかりにこんなことになって……」

そう謝るのはダークグレーの髪色をした【鎌鼬】リーダーのヨハン。

サーシャの言っていたようにかなりガタイがよい。

「どうしてそう思うの？」

当然の質問をヨハンに投げかけると、

「カレン様は【紅蓮】の記録を抜きたいと仰ってました。【紅蓮】は六層の中ボス部屋をクリアするのに二十五日かかったと……だから【花蓮】はそれよりも早くクリアするのだと。そこに僕が体調不良を申し出て……」

　言葉を詰まらせるヨハンに代わり、クラリスが答える。

「二人の体調不良者を抱えたまま潜るのは危険だと思い、一旦戻ることを進言したのです。そのときはカレン様も納得してくれたのですが、朝起きたらいなくて……最初は男女が二人ずついなくなったから、そういうことなのかもしれないねって言っていたのだけれども、なかなか帰ってこなくて……」

【花蓮】ではないヨハン、ヨーゼフの体調不良でクラリスが戻ることを提案したのには理由がある。

　迷宮を潜る際、連戦すると回復する時間がなくなってしまう。

　そこで交互に戦闘をしながら潜ることで一つのパーティが戦闘している間に、もう一つのパーティがＨＰとＭＰの回復に専念するというやり方があるのだ。

　きっと【花蓮】と【鎌鼬】も協力関係にあったのだろう。

　クラリスの提案は決して間違っていない。

「あなたたちが気に病むことではないわ。私がその場にいても同じことを言うでしょうね」

　サーシャの言葉に安堵《あんど》の表情を見せるクラリスとヨハン。

　さらに細かいことを聞いていると、さきほど別れたキュルスが部屋に到着した。

「おい！　消息を絶った四人はどうなった⁉」

どこまでも生徒ファーストなキュルス。

事情を説明すると、早速捜索班と、ヨハン、ヨーゼフを街に送る班、そしてもしもここにカレンたちが戻ってきたときのために残る班を決めることにした。

ヨハン、ヨーゼフを街に送る班はすぐに決まった。

ここにいた職員二名と、【鎌鼬】からヨハン、ヨーゼフと残りのメンバー二人の計六人。

六名は班が決まるとすぐにこの場を立ち去り、街を目指した。ヨーゼフの体調が思ったよりも芳しくないためだ。

問題は捜索班を決めるときだった。

ここに残っているのは俺、クラリス、エリー、ミーシャ、サーシャにキュルス。あとはここにた四人の先生とキュルスと一緒に来た先生二人の計十二人。

「では捜索班は私、キュルス、マルスに……」

サーシャの言葉を職員が遮る。

「サーシャ先生！　さすがに生徒を連れて行くのは⁉　しかもEクラスの生徒を！」

しかし、サーシャは譲らない。

「これはB級冒険者としての判断よ！　ここでB級冒険者は私とキュルスだけ！　何かあったら私の責任にしてもいいから、命令に従って！」

「そうは言われても、子供たちを預かるのは我々教師であり、学校です。何かあった場合は責任をもって我々教師が……」

サーシャの言葉に先生が反論するが、この男が一喝した。

「うるせぇ！　捜索班に強ぇ奴を連れて行くのが常識だろ！　オメェらの気持ちも分かるが、マルスは連れていく！　いいな⁉」

渋々頷く先生たち。

「じゃああと三人は……」

サーシャが残りの三人を選ぼうとすると、

「私も行きます！」

「……私も！」

クラリスとエリーが続く。

「クラリス、エリー、悪いけど恋人が行くからって参加を認めることは……」

サーシャが二人の参加を認めない発言をすると、クラリスの行動は速かった。

「《氷壁《アイスウォール》》！」

目の前に現れたのは氷の壁。

「私は弓使いですが、水魔法で皆さんの身を守ることができます！　カレン様たちも衰弱して水が必要かもしれません！　どうか連れて行ってください！」

クラリスの《氷壁《アイスウォール》》を見て悩むサーシャ。

他の職員でも《氷壁《アイスウォール》》を使うことはできるだろう。

それでも悩むということはあと一押しか？

「サーシャ先生。僕を信じてくれるのであれば、クラリスとエリーも信じてください！　僕たちはずっと同じ迷宮に潜ってました！　二人は絶対に足を引っ張りません！」

正直二人を危険にさらしたくはない。

でもこの三年間、ずっと三人で戦ってきた。

クラリスとエリーが一緒であれば、パーティの生存率はあがることは間違いない。

「……マルスがそこまで言うのであれば、認めるわ！　でもクラリス！　あなたが選択に迫られたとき、私の命令には絶対に従うように！　エリーも期待しているわ！　マルスもいいわね⁉」

怖いくらい念入りに確認するサーシャ。

でも俺たちの返す言葉は決まっている。

「「「はい！」」」

「では改めてパーティを言うわ！　私、キュルス、マルス、クラリス、エリー、そしてミーシャの六名で捜索！　先生たちはここでカレンたちが戻ってきてもいいように待機！」

まさかのミーシャのパーティ入りに誰しもが驚いたが、もう反論する者はいなかった。

この状況でミーシャを自分の側《そば》から離したくはないという心理が働いたのかもしれない。

「衣類は最小限、毛布は持っていかず、その分食料を多めに！　さぁ行くわよ！」

サーシャを先頭にカレンたちの捜索へ向かった。

「エリー！　クラリスが魔法の弓矢《マジックアロー》で削った魔物を頼む！　仕留めきれなければ、そのまま駆け抜けてくれ！　止めはこっちで刺す！」

　走りながら隊列の後方からクラリスが魔法の弓矢《マジックアロー》で魔物の急所や足を狙い、意識がクラリスに向いたり、動けなくなった魔物をエリーが倒す。

「おいおい……走りながら弓って狙えるのかよ？」

「そんな非常識なこと無理に決まっているじゃない！」

　クラリスとエリーの連携に走りながら目を丸くする二人。

「それにエリーの奴一度も後ろを振り向かねぇ……よほどクラリスを信頼しているか、ただの命知らずかだが……」

　言わずもがな、エリーは前者。二人の阿吽《あうん》の呼吸というのもある。

「あなたたちいつもこんなことをしながら迷宮に潜っていたの？」

　サーシャが呆れた顔で聞いてくる。

「いつもではないですが、訓練はしてました。弓を射るとき動けなくて無防備になるじゃないですか？　だから敵の攻撃をかわしながら射ることができるようにとは心がけてと……」

　あくまでもクラリスの身を守る手段。それがこのように活かせるとは思いもよらなかったが。

　五層の階段は、クラリスたちが休んでいた部屋から数百メートル走った先の部屋にあった。

「この先は脅威度D以上しか出現しないわ。通常であれば慎重に進むのだけれども、急ぐわよ」

　サーシャを先頭に階段を下りると、そこには奇妙な光景が。

　階段を下りた先が石壁になっており、進めないのだ。

「なんだこれ？　これじゃあ進めねぇじゃねぇかよ！」

キュルスが怒り、壁に蹴りを入れたとき、突然壁が動き出す。

「な、なんだ――――」

危険を察知したのか、咄嗟にキュルスがバックステップを踏むと、キュルスがいた場所に石の拳が振り下ろされる。

「まさか――――ゴーレム⁉」

「ゴーレムだと⁉　ゴーレムはもっと深層に現れる魔物だろ⁉　なんだってこんなところに相性最悪の奴が⁉」

魔物だと⁉　それもかなり強いのか⁉　しかし魔物と分かればやることは一つ。

「皆さん！　下がってください！　吹っ飛ばします！」

「吹っ飛ばすって何を――――」

キュルスが何かを言いかけたが、それよりも先に俺の無詠唱風魔法がゴーレムに直撃する。

（《ウィンドインパルス》！）

目の前を塞いでいたゴーレムが迷宮の壁に叩きつけられ、視界がクリアになる。

「今のうちです！　中に入ってください！　ゴーレムはまだ死んでないので気をつけて！」

部屋の中は大きく、部屋からは東と西に分かれる大きな通路が伸びていた。周囲の安全を確保しながら皆を誘導すると同時に、ゴーレムを鑑定する。

【名前】－
【称号】－
【種族】ゴーレム
【脅威】B⁻
【状態】良好
【年齢】一歳
【レベル】1
【HP】204／284
【MP】5／5
【筋力】152　【敏捷】50
【魔力】1　【器用】1
【耐久】130　【運】1

アルメリア迷宮で戦ったクイーンアントよりもHP、筋力、耐久は高いが、同じ脅威度B⁻なのは敏捷が低いのと、酸での攻撃がないからかもしれない。

部屋の中にはゴーレムの他にもロックリザードの群れが。

こいつらはアルメリアで何度も倒しているからお手の物。

「クラリス！　エリー！　ロックリザードは任せた！　俺はゴーレムをやる！」

《《ウィンドカッター》！》

ゴーレムが立ち上がる前に《ウィンドカッター》で止めを刺す。

《《ウィンドカッター》！》

「オメェ！　やっぱり風魔法使いか！」

やっぱり？　ということは、薄々気づかれていたのか。

「すみませんでした。なかなか言い出す機会がなくて……でもこのことは皆に内緒にしておいてほしいのですが……」

「チッ！　だったら最初から言え！」

キュルスはなんだかんだで生徒思い。秘密にしてほしいと言えば、秘密にしてくれるだろう。

ゴーレムを倒し終わり、クラリスとエリーの方に視線を向けると、順調にロックリザードの数を減らしていたが、特筆すべきはミーシャだった。

二人が討ち漏らしたロックリザードを、魔物に気づかれることなく背後に回りこみ止めを刺していたのだ。

魔物側からすれば厄介極まりない存在だろう。

強力な攻撃力のクラリスとエリーに気を取られていると、いつのまにか背後に忍び寄られているのだから。

ただエリーの身体能力の高さを認識できていないのか、ターゲットがかぶったり、クラリスの射線上にいたりして少し危なっかしい。

これはしっかりと連携をとる訓練をしなければならないのだろうが、武術の時間はそれぞれ別で授業を受けているから、今は仕方がないことかもしれない。

ロックリザードを倒しきると、エリーは迷うことなく東側の通路へ走り出す。

「ちょっと⁉　どっちにいるかは……」

サーシャがエリーを静止するが、それはエリーの索敵能力を知らないから。

「サーシャ先生！　ここはエリーを信じてください！」

すでにクラリスはエリーの後を追いかけており、ミーシャも続いていた。

俺も後に続き、すぐにエリーの隣まで行くと、

「三つ先！　危ない！　先行って！」

こんな早口のエリーは初めてだ。それだけ切羽詰まっているということ。

「分かった！　みんなも気をつけてくれ！」

《風纏衣《シルフィード》》を展開し、疾風に乗りながら駆け抜けた。

☆☆☆

ただ様子を見るだけのつもりだった。

次回の迷宮探索のために。

順調に四層を移動し、もう少しで五層というところでヨハンとヨーゼフが体調不良を訴えてき

た。

これは仕方のないこと。

この閉塞感に慣れず、体調を崩す者は数多くいると、先生たちに教えられる前から知っていた。

実際私も迷宮は大嫌い。

お風呂にも入れないし、壁に寄りかかって寝たり、服も満足に着替えることができない。

だからクラリスが撤退を申し出たときも、当然そうするつもりだった。

その日の夜。私とバロン、ドミニクにミネルバの四人で見張りをしながら談笑していた。

【紅蓮】よりも早く六層の中ボス部屋をクリアしたかったけどねと。

私とバロンにはこの学校に入ったときから目標がある。

【紅蓮】の記録を抜き、個人でグレンに勝つこと。

しかし、この目標は運に大きく左右される。

特にパーティでの記録は今回の様な件があり、達成できないことも多々あると聞く。

こうやって悔しい思いをしているのは、私たちだけではないというのも知っている。

兄もパーティメンバーのせいで色々あったと、当時をよく知るものから聞いていた。

色々思うことはあるけど仕方ない。

そう気持ちに整理をつけたところに、ヨハンとヨーゼフが起きてきた。

「申し訳ございません。僕とヨーゼフのせいで……まだ体調は戻りませんが、何かあれば皆を起こすくらいはできます。なので次回潜ったときのために様子を見に行かれては？　僕たちが起きているので」

この提案は私たちの心を揺さぶった。

【紅蓮】よりも早く中ボス部屋をクリアできる可能性が少しでも増えるかもしれない。

また、ここに来るまで私たち【花蓮】は誰もダメージを受けておらず、MPもほとんど消費していない。

それもこれもバロンとドミニクという最強の前衛二人のおかげ。

巷ではドミニクがクラリスに剣術で負けたという噂が流れているけど、そんなことはありえない。彼には私と同じような天性の才能があると感じる。

「カレン、ここはヨハンの言葉に甘えてみないか？　正直俺も物足りなくて」

バロンの言葉にドミニクも頷く。

「私はカレン様に従います」

四人の中で唯一【花蓮】ではないミネルバもまだまだ余裕そう。

ミネルバは昔からの付き合い。

その戦闘スタイルは少し特殊で、バロンやドミニクと比べると劣るけど、実力は十分。

ここで私たち【花蓮】が活躍できれば、同行していた【鎌鼬】もおのずと評価が上がる。ひいてはミネルバのSクラス入りも近くなる。

「そうね。じゃあヨハンにお願いしようかしら」

誰のせいにするつもりもない。最終決定は私が下したのだから。

四人で長い通路を歩く。通路には魔物が出現したけど私が手を下すまでもなく、十分もせずに戦闘は終わった。

再度この三人の実力が確認できたところで次の部屋の様子を窺うと、そこには五層への階段が。

「カレン、どうする？」

部屋の魔物を倒し、バロンが私の意見を伺う。

「誰も消耗していないようだし、最初の部屋だけ見て戻るわよ」

四層最後の部屋を苦戦することなく、あっさりと倒せてしまったのが原因だったのかもしれない。

五層に潜ると十体ほどのロックリザード。これは強敵！

なんといっても相手の脅威度はＤ。

それが十体もいるのだから下手すればＣランクパーティ相当が相手をするべき魔物。

「相手は脅威度Ｄ！　とにかくバロンの《土壁《アースウォール》》で守りを固めて！　ドミニクとミネルバは私が数を減らすまでパリィに専念！」

三人は私の指示に従い、辛抱強く粘ってくれた。

私も《ファイアボール》を唱え、バロンの《土壁《アースウォール》》を迂回《うかい》するように放ち、ロックリザードの背後から襲う。

魔力１００以上の私から放たれる《ファイアボール》にロックリザードが耐えられるわけがな

く、《土壁《アースウォール》》の向こうで絶命していくのが分かる。

順調にロックリザードの数を減らし、数的優位を保てるようになると残りは三人に任せ、戦闘開始から僅《わず》か十分程度で倒し切ることに成功。

「みんな！　よくやってくれたわ！」

「さすがカレン！」

「カレン様には脱帽です！」

「俺の剣も良かっただろ⁉」

喜びを分かち合い四層に戻ろうとしたときにそれは起こった。

突然、黒い大きな魔力溜まりの渦が、四層へ繋《つな》がる階段の前にできたのだ。

驚く間もなく階段の前にはゴーレムが出現。

「「「──────っ⁉」」」

全滅させてから一時間経たないとポップしないはずなのに⁉

しかもなんでこの部屋にいなかった魔物が⁉

まさか何かの罠を踏んだ⁉

私たちの疑問に答えてくれるはずもなく、ゴーレムは襲い掛かってくる。

でも手がないわけではない。

「みんな！　落ち着いて！　ゴーレムは強いけど弱点もある！　落ち着けば私たちだけでも倒せるはずよ！」

そう、このゴーレム。物理攻撃には滅法強いが、魔法耐性がまったくない。

前衛さえしっかりしていれば、私たち魔法使いにとってはボーナスともいえる存在。

そして私たちにはバロンがいる！

「バロン！　また《土壁《アースウォール》》で耐えて！　ゴーレムの攻撃は《土壁《アースウォール》》を貫通してくると思うけど、その間に私が何とかするわ！」

部屋の端まで下がり唱えるは、今の私が発現できる最強の魔法《フレア》。

発現するまでに時間はかかるものの、直撃すればいくらゴーレムでもひとたまりもないはず！

目の前ではバロンの《土壁《アースウォール》》がゴーレムの大きな拳によって破壊されているけど、破壊されるたびに《土壁《アースウォール》》を唱え三人はまだ無傷。

これは倒せる！　そう信じて《フレア》を唱えようとした時だった。

目の前にまた黒い大きな魔力溜まりの渦ができたのは。

しかも今回は二つ。

「みんな！　通路まで撤退！　また二つの渦が！」

まだ大丈夫。フレア十発撃てるくらいのＭＰは残っている。

通路まで撤退し、落ち着いて行動すれば問題ない。

皆がゴーレムから逃げながら通路を目指す。

今思えばここが最後の分岐点だったように思える。

黒い大きな魔力溜まりの渦からゴーレムが出現する前に、今いるゴーレムを倒せば良かったのだ。

なぜなら新たに現れた魔物……それはゴーレムでも、ファイアゴーレムとアイスゴーレムだったから。


五層の魔物を倒しながら追いかけてくるファイアゴーレムとアイスゴーレムから逃げる。

迷宮の魔物はその部屋に留まり、他の部屋に移動しないと聞いていたが、ファイアゴーレムとアイスゴーレムはその限りではなかった。

殿《しんがり》を務めるバロンが《土壁《アースウォール》》でファイアゴーレムの攻撃を防ぎながら、前を行くドミニクとミネルバが私を魔物から守り、私が前方の魔物を倒す。

後ろから追いかけてくるアイスゴーレムだけは《フレア》で倒せたけどもう限界。

ロックリザードの攻撃をパリィできなくなった二人が倒れ、たった今MPが枯渇してバロンが意識を失ってしまった。

リスター国立学校の迷宮試験で死者が出たことはないと聞く。

でもそれは今日まで。

お父様、お母様、お兄様。フレスバルド家の家名を汚してごめんなさい。

最初の死者の汚名はバロンやドミニク、ミネルバではなく私が背負おう。

そう思い、まだ息のある三人の前に立つ。

目の前には散々私たちを追いかけまわしてきたファイアゴーレム。

そのファイアゴーレムは大きな拳を作り振りかぶる。

その無機質な顔からは愉悦の感情が読み取れた。

悔しい……こんなところで……魔物なんかに……。

でもすべては私のせい。

ファイアゴーレムの拳が振り下ろされ、すべてを受け入れ目を閉じたときだった。

「カァレェエン！」

私の名前を叫びながら、一陣の風と共にマルスが現れたのは――


なぜここに彼が⁉

と、思うより先に、眼がファイアゴーレムを捉える。

私の中の生存本能が勝手にそうさせたのだ。

(束縛眼！)

残り少ないMPを注ぐと、ファイアゴーレムの拳が一瞬。ほんの数十センチ先で止まる。

刹那《せつな》、空気を切り裂くような摩擦音《まさつおん》を轟《とどろ》かした暴風が、目の前の巨体を襲う。

ファイアゴーレムは踏ん張ろうとしたようだが、暴風の前では無力。

瞬《またた》いた次の瞬間には大きな音と振動を立て、壁に叩きつけられていた。

「間に合ってよかった……大丈夫ですか？」

彼が私を安心させるかのように笑顔を見せる。

でもまだファイアゴーレムは死んでいない。

ロックリザードも十体以上いるはず。

油断するな。そう彼に告げようとファイアゴーレムを指し示すと、吹き飛ばされたファイアゴーレムの胸には大きな十字の傷跡ができており、赤く灯っていた目は沈黙していた。

いつの間に⁉

でもまだロックリザードが――――

視線を移すと、そこには十体以上の首無しロックリザードの姿が。

一体何が起きているの⁉

が、そんなことを考える間もなく、また黒く大きな魔力溜まりの渦がまく。

それも今度は四つも。

「逃げなさい！」

私が叫ぶ前に彼の眼はその渦を捉えていた。

「大丈夫ですよ」

場違いなほど穏やかな声が返ってくる。

状況が理解できていないの⁉

「いいから早――――」

そう言うより早く、渦からはファイアゴーレムとアイスゴーレムが二体ずつ出現してしまった。

ああ……もうおしまい……絶望に打ちひしがれていると、彼が不意に左手をファイアゴーレムたちの方に掲げる。

　もう今さら何かしたところで……と目を伏せた次の瞬間、ファイアゴーレムたちを巨大な竜巻が襲う。

「————っ⁉」

　その竜巻はファイゴーレムの自由を奪い、風の牢に閉じ込める。

　ただ、それを黙って見ているアイスゴーレムではない。

　彼がファイアゴーレムの動きを封じている隙に、巨大な氷の足が踏み潰そうとしてくる。

「避《よ》けて！」

　しかし、彼の頭には逃げるという言葉は毛頭ないようで、右手には風の刃が握られていた。

《エアブレイド》⁉

　まさか……だって今左手で《トルネード》を発現しているじゃない⁉

　そんな私の気も知らずに、彼は自身を踏み潰そうとする足をバターのように切り裂く。

　体勢を崩したアイスゴーレムに、彼が手刀を十字に切ると、私を殺そうとしたファイアゴーレムと同じ傷跡が胸に刻まれる。

　同時に掲げていた左手を下ろすとファイアゴーレムの自由を奪っていた《トルネード》が消滅。

　竜巻の中からはファイアゴーレムたちが出てくるのだろうと警戒するも、中には原形が分からぬほど変わり果てた姿が。

《トルネード》に魔物を八つ裂きにする効果なんてなかったはず————

何？　何が起きているの？

彼を見やり、眼で問いかけるも、返ってくるのは微笑みと場違いなほどの優しい声。

「カレン様。見ててくださいね。少しずつ上達してますから」

彼が右手を掲げ唱えるのは、いつぞやにアドバイスをした火魔法。

「《ファイアボール》！」

情熱的な炎は優しくも激しく燃え盛り、この部屋を照らす。

その炎がすっかり怯えきったアイスゴーレムに着弾すると、一部が溶け活動不能に陥る。

時間にして一分ほどで四体ものゴーレムを彼一人で倒してしまった。

これは夢？　出来の悪い夢でも見ているの？

そんな私を現実に引き戻したのは背後から聞こえた大声。

「ったくよぉ！　これくれぇの怪我で済んだからよかったものの、オメェも今度からは気をつけろ！」

「あなたねぇ！　ドミニクのお腹の怪我もだけど、ミネルバは女よ！　顔にはおおけ……が……えっ――――」

ドミニクのお腹の怪我は薄皮一枚斬られた程度になっていた。

ミネルバはロックリザードの突きをパリィし損ね、口が裂けたような傷があったはずなのに、いつもと何ら変わらない顔で意識を失っている。

二人の怪我は決して見間違いではない。

その証拠にドミニクのお腹部分の制服は裂け、ミネルバの左肩にも痛々しい血痕が残っている。

「ど、どうして？　二人は大怪我を……」

理解できない私にミネルバを介抱していたクラリスが答える。

「私がここに来たときにはミネルバに目立った外傷はなかったけど……エリーは見た？」

「……見てない……」

「そんなことない！　二人は私を守ろうと――」

反論しようとするも、サーシャが私を制す。

「カレン。あなたが何を見たかは知らないけどこれが現実。ここには大怪我を負ったものなどいなかった。いいわね？」

い、いいわねって……こんなことができるのは神聖魔法使いだけ。それも高位の者。

でもここで神聖魔法が使える可能性がある者なんて……。

体の発育がやたらといいクラリスが一番の候補だけど、水魔法と風魔法を使えるから対象外。

同じ理由でミーシャも対象外。

サーシャは風魔法だけしか使えないけど、スペシャリストだからやはり対象外。

脳筋キュルスが神聖魔法を使えるのは許せないから、残るはエリーだけ。

でも獣人が神聖魔法を使うなんて聞いたことないし……結局はサーシャの言葉に従うしかない。

「……分かりました」

私の言葉に満足したのか、おおよそ私と同じくらいの歳にしか見えないサーシャが笑顔を見せる。

「じゃあみんなのもとに戻るわよ！　キュルスはバロンとドミニクを背負って。クラリス、私がミネルバを背負うから、あなたとエリー、そしてミーシャの三人で魔物をお願い」

皆の後を追い、私も歩こうとすると、突然足に痛みが走る。

「痛っ！」

無我夢中だったせいか、足を捻《ひね》っていたのに気づかなかったようで、今では踝《くるぶし》付近が腫れあがっていた。

「カレン様？　大丈夫ですか？」

私の顔を覗き込み、心配そうに声をかけてくれたのはクラリス。

突然クラリスの顔が視界にいっぱいに広がると、女の私でも思わずドキリとしてしまう。

「え、ええ……ありがとう。大丈夫だか――っ⁉」

これ以上迷惑をかけたくなかったので強がってはみたものの、動かそうとすると激痛が走る。

「マルス！　ちょっと来て！　カレン様が怪我をしていて歩けないの！」

クラリスに呼ばれた彼は血相を変えて走ってくる。

「申し訳ございません。怪我に気づかずに」

そう言いながら私に背を向けしゃがむ。

まさか……おんぶ？　この歳で？

どうしようか躊躇っていると、

「あ～。私専用の背中だったのにぃ」

ミーシャが頬を膨らませるが、それもすぐに笑顔に変わる。

「カレン様。マルスの背中は暖かくて気持ちいいから騙されたと思って乗ってみて。私も毎日おんぶしてもらってるんだ」

なぜ毎日おんぶしてもらっているのかは不明だけど、私だけではないのであればと思い、彼の好意に甘えることにした。

「ちょっと汗臭いと思いますが我慢してください」

そんなことはない。

大きな彼の背中からは心地よい温もりと太陽の匂いが香り、私の心を落ち着かせる。

結局五層では魔物と遭遇することはなかった。

それが何を物語っているかというと、私たちを助けに来たメンバーはあの部屋まで一時間もかからなかったということ……そして順調に来た道を戻れているということを示す。

何事もなく帰れるのは良いことだけど、少し残念な気持ちになっている自分に驚いた。

四層に着いてしまうともうこの背中から離れないといけない。

できればもう少しだけ……そう願っているうちに、いつの間にか意識を手放していた――

# 第11話　昇級

「良かったね。みんな無事で」

俺の背で寝るカレンを見ながら満面の笑みを浮かべるミーシャ。

「そうだな。みんなの諦めない心のおかげだな」

間一髪だった。

エリーが焦っていたので全力でカレンの下へ向かったが、見つけたときはもうゴーレムの拳が振り下ろされていた。

どうにかしなきゃと思い、とっさに頭に浮かんだのは、毎日笑顔でド派手に吹っ飛ぶミーシャの姿。

俺も背中に《ウィンド》を当てると、まるで自分がピンボールになったかのような錯覚に陥った。

迷宮の通路はまるで縦に伸びるキャンパスのようで、魔物が高速で通り過ぎていく。

正直に言おう。めっちゃ怖かった。ジェットコースターの安全ベルトが取れて吹っ飛んだ感覚といえば分かりやすいかもしれない。

カレンの粘りもよかった。

ゴーレムの拳が眼前に迫り、恐怖で目を閉じてもおかしくない状況にもかかわらず、諦めずに束縛眼を使ってくれたのも助かった要因の一つだ。

俺とクラリスの息もバッチリだった。

カレンの後ろに忍び寄ったクラリスが俺にサインを送ってきたのだ。

二人は重傷、気を引いてくれと。

魔法によるパフォーマンスで、カレンだけでなく皆の視線を集めることに成功。

使わなくてもいい《ファイアボール》も神聖魔法の優しい光をカモフラージュするため。

見事に成功し、クラリスの神聖魔法に誰も気づくことはなかった。

サーシャがカレンを説き伏せたのは意外だったが、結果オーライだ。


無事、先生たちが待つ四層の部屋に到着すると、歓喜の声が上がり、中には泣き出す者も。

俺もカレンを起こさぬようにゆっくり下ろし、クラリスたちと健闘を称《たた》えあう。

「お疲れ様。大丈夫？」

「ええ、さすがに疲れちゃった。迷宮試験始まってから一度もお風呂に入ってないから、早く宿に戻ってお風呂に浸かりたいわ」

クラリスは疲れたと言いながらもその顔はいつものように整っており、髪の毛一つ乱れてない。

お風呂にも入れていないというのは事実だろうが、たった今お風呂から出てきたと言われても分からないくらいに清潔感が漂っている。

「どうする？　風呂の準備をするか？」

近くのミーシャに聞こえぬように近くで囁く。

アルメリアでクラリスとエリーの三人で迷宮に潜りまくっていた俺は、土魔法で浴槽くらいは簡単に作れるようになっていた。

「いいの……!? ……でもやめておくわ。これ以上マルスが目立つのは得策ではないし。気持ちだけもらっておくね」

一瞬目を輝かせるが、俺のことを考え、大好きなお風呂を我慢するクラリス。

と、そこに他の先生たちと話し込んでいたサーシャが歩いてくる。

「今回はあなたたちに助けられたわ。申し訳ないけど一旦学校まで来てもらえないかしら？」

「いいですけど、何をするのでしょうか？」

「リーガン公爵に報告をしたいの。このまま迷宮試験をするのかどうかの判断も。一応だけど、現場の判断で三層の安全地帯以降潜るのは禁止にしてもらうつもり」

確かに三層以降は封鎖したほうが良さそうだな。

「分かりました。では早めに休むのでこの辺で失礼しますね。みんなまた明日な」

もっとクラリスの近くにいたかったのだが、俺のパーティメンバーはキュルスだし、あいつがボスだからな。

機嫌を損ねると後が怖いので、キュルスのもとへ悲哀感を漂わせながら歩いていった。

――――迷宮試験十日目

アラハンの迷宮から戻ってきたのは昨夜のこと。

ゆっくりする暇もなく早朝に発ち、リスター国立学校へ向かう。

ヨハン、ヨーゼフの調子がまだ芳しくないとのことで【鎌鼬】のメンバーは待機。

なので戻るメンバーは俺、キュルス、サーシャ、そして【花蓮】の計九名。

馬車に揺られること数時間。

そのまま学校の中に入り、職員棟の前で降りると校長室へ。

「リーガン公爵。サーシャです。ただいま戻りました」

ドアをノックすると、分厚い扉が開かれる。

「ご苦労様です。あなたたちは外に出て休憩にしてください」

扉を開けてくれた二名の職員がリーガン公爵に外に出るように命じられると、俺たちに一礼して校長室の外に出て扉を閉める。

「大まかな事情は早馬で知っております。詳細をお聞かせ願えませんか？」

皆を代表してサーシャが答えようとすると、リーガン公爵がそれを制す。

「サーシャの話は最後にお聞かせください。そうですね……まずはドミニクから」

リーガン公爵に指名されたドミニクは、緊張のせいか声が上ずっていたが、出てくる言葉はすべて主観によるもので誇張されていた。

一太刀でロックリザードの首がいくつも飛んだとか、ゴーレムも瀕死に追い込んだとか。

挙句の果てには五層を一人で突破できるとまで言い出す始末。

いつキュルスが怒りだすかヒヤヒヤしながら聞いていたが、そのキュルスはニヤニヤと不気味な笑みを浮かべるだけ。

「ありがとうございます。ドミニクは大活躍でしたね。今後も期待していますよ。次はバロン。あなたのお話を聞かせてください」

バロンもバロンでドミニクのようにデタラメを並べた。

《土壁《アースウォール》》ですべての攻撃を抑え込み、皆はかすり傷程度で済んだと。

自身も最後まで戦い抜いたが、最後の最後でMPが尽き、止めが刺せなかったと悔しさを滲《にじ》ませる。

「そうですか。バロンも北の勇者の名に恥じぬ活躍でしたか。私も鼻が高いです」

終始笑顔のリーガン公爵。もしかしてこの人チョロいんじゃないか？

と、思ったのはここまでだった。

その作られた笑顔がキュルスに向くと、示し合わせたかのようにキュルスが騒ぐ。

「オメェら今言ったことは本当か⁉　俺でもできねぇことをオメェらができるってのか⁉　今から表に出ろ。もし俺よりも強かったら認めてやる。でもなぁ⁉　できなかった場合は覚悟しろよ⁉　徹底的にその腐った性根を叩きなおしてやるからな！」

キュルスの恫喝に怯え、リーガン公爵に助けを求める二人。

「私はあなたたちを信じておりますからキュルスくらいやっつけてしまってください」

信じるって言葉は便利だが怖いよな。

合理的に見捨てることができるのだから。

キュルスに首根っこを掴まれ、校長室から退場する二人。

「次はマルス。あなたのお話をお聞かせください」

リーガン公爵の瞳が真っすぐ俺を捉える。

「はい。ゴーレムと対峙《たいじ》しているカレン様が見え、どうにかしなきゃと思い、自身に《ウィンド》を放って加速したところまでは覚えているのですが……その後は無我夢中で気づいたらゴーレムが倒れており……」

「覚えていないと？」

「申し訳ございませんが……」

頭をさげると、リーガン公爵がカレンに視線を向ける。

「申し訳ございません。私も束縛眼でゴーレムの動きを止めてからは意識が混濁してしまい……意識を取り戻したときにはすでに四層で……」

「職員からもその話は伺っております。あくまでも確認です。謝らなくてもいいのですよ」

良かった。カレンもあのときのことはあまり覚えてないようだ。

と、安堵のため息をつくが、リーガン公爵の追及はまだ続いた。

「マルスには他にも聞きたいことがあります。複数の職員からの証言によると、キュルスをポーターにし、二層、三層を一人で踏破したという報告が上がっているのですが、本当ですか？」

サーシャから事情を聴きたいと言われたときから、カレン救出に関してだと思っていたので、それについては予《あらかじ》め回答を用意していたのだが、まさかそこを突かれるとは。

しかも皆に見られているからいい訳のしようがない。

「……はい。その通りです」

素直に認めると、リーガン公爵が満足そうに頷く。

「別に責めているわけではありません。ですが職員や他の生徒に見られてしまった以上、いつまでもマルスをEクラス……それも末席に置いておくというわけにはいきません。少しずつ上のクラスに上がってもらおうとは思っておりましたが、本日よりあなたをSクラスにします」

「「「――――!?」」」

え!? いきなりSクラス!?

手を取り合い喜ぶクラリスとエリー、ミーシャに対し、サーシャは困惑の表情を浮かべる。

「り、リーガン公爵!? よろしいのですか!? いきなりSクラスでは……」

確かに前回校長室で話したときは徐々に上げていくという話だった気がするが。

「ええ。私もそのつもりだったのですが、あなたたちが迷宮に潜っている間にこちらにも色々ありまして……」

言葉を濁すリーガン公爵。

色々とはなんだ？ 聞きたいけど聞けない。

サーシャもそれ以上踏み込んだ質問はできないらしく、話題を変える。

「それで迷宮の試験の方ですが中止にするべきでしょうか？ 私たちの判断で三層の安全地帯以

降は立ち入り禁止にしているのですが」

「さすがサーシャです。良い判断をしてくれました。迷宮試験は予定通り今月末までやり続けますが、騎士団を派遣します。スケジュールの関係上すぐに騎士団を動かすことはできませんが、遅くとも五日後くらいにはアラハンへ着くでしょう。で、そこで相談なのですが……」

リーガン公爵が肘を机につき、顎を手に乗せ、覗き込むような姿勢を取る。

「あなたたちにリーガン騎士団が到着するまで迷宮の警備をお願いしたいのですが？」

「それは職員だけで組むパーティと同じ役割をするということでよろしいのですか？」

サーシャが確認のため聞きなおすと、リーガン公爵が組んだ手の上で顔を傾け、微笑む。

「そうです。一人で三層まで潜れるマルスとサーシャが加われば、【紅蓮】に匹敵するパーティができると思うのですがどうでしょうか？」

「え？　僕もですか？」

まさかの指名に声が裏返ってしまう。

「もちろん。マルスではなくキュルスも考えましたが、キュルスにはバロンとドミニクを徹敵的に扱《しご》いてもらうという役割ができましたので。誤解しないでほしいのですが、私は本当にバロンとドミニクを評価しております。ですがあの二人はまだ怖いもの知らず。今回の件は彼らにとってちょうどいい機会でした。もっともこんなことが言えるのは皆が無事だったからですが」

「……分かりました。僕の方は大丈夫です」

正直女性だらけのパーティでは委縮してしまうが、クラリスとエリーの二人と同行できるのは大きい。

二人と離れて心配だったからな。もうあんな思いをするのは二度とごめんだ。

「カレンもいいわね？」

自然と皆の視線がカレンに集まる中、カレンと目が合うと逸らされてしまった。

「は、はい。でも私で務まるでしょうか？　皆を危険にさらしたわけですし」

「そこはサーシャがフォローするので大丈夫ですよ。リーダーは全体を見る機会が多い後衛の者がやるのが一番ですから」

リーガン公爵の言葉にカレンが何かを言いかけたが飲み込んだ。

「ねぇ!?　じゃあさ！　みんなでパーティしようよ！　親睦会とマルスSクラス昇級のお祝いも兼ねて！」

「ミーシャ。気持ちは分かりますが、それは迷宮試験が終わってからにしてください。心苦しいですが、あなたたちには今すぐにでもアラハンに戻っていただければと」

リーガン公爵の言葉にぶー垂れながらも頷くミーシャ。

俺もまさかトンボ返りとは思ってもみなかったが、リーガン公爵のいうことも分かる。

「畏《かしこ》まりました。では私たちは失礼します」

サーシャに連れられ外に出ると、二人がかりでもキュルスにまったく手も足もでないバロンとドミニクの姿があった。

「キュルス？　私たちはまたアラハンに行くことになったのだけれども、あなたはどうするの？」
「おう！　俺はこいつらを徹底的に鍛え上げることにした！　マルスをよろしくな！」
キュルスの言葉に絶望の表情を浮かべる二人。
そんな顔をするな。お前たちの前にいる男は最高の先生だ。
口が裂けてもキュルスの前ではそんなことは言えないけどな。
馬車に乗り込むとそこは天国だった。
今まではいつキレるか分からない猛獣との二人旅。
それが右にクラリス、左にエリー。
二人は俺の手を両手で握り、体を預けてくれる。
しかも目の前にはサーシャと、その左右にはカレンとミーシャ。
見渡す限り美女と美少女。
男であれば一度は夢を見るハーレムというやつなのかもしれない。
華やかな匂いに包まれながら馬車は軽快にアラハンに向かった。

# 第12話　告白

――迷宮試験十一日目

「お、おい……お前……まさかそんなドリームパーティなわけないよな」

一層に潜り、しばらく経つと、ゴンたちのパーティとばったり出くわした。

「い、いや……それが昨日からSクラスに入ることになって……」

「「――――⁉」」

ゴンたちのパーティだけではなく、近くにいたパーティ全員が集まってくる。

「Eクラス末席からSクラスだと⁉」

大声を上げるゴンに対し、

「マルスは元々Sクラスの実力があるの！　だからEクラスにいる方がおかしかったの！」

ミーシャの声に怒気が含まれる。

「い、いや……分かってはいたけどそれでもいきなりSクラスだなんて……まぁそうか。今回のお前の活躍はもう一部生徒には噂になっているからな」

もうそんなに噂は広がっているのか。

「七層で脅威度C以上の魔物の群れを一人で倒したとか、とんでもないお宝を持って帰って来たとか」

「何だそれ？　そんなことしてないぞ？」

いつの間にか話が大きくなっていた。

「噂なんてそんなものよ。私なんて学校に入る前にバロンの子を宿しているなんて噂をされたわ。キスすらしたことないのに」

カレンが頬を赤らめながら呟く。

あれ？　バロンは手が速いという噂を聞いた気がするのだが？

「え？　カレン様とバロンってもう深い仲というのを聞いていましたが……」

「そ、そんなわけないじゃない。まさかあなた噂を信じていたの？」

必死になって否定するカレン。

「す、すみません……でも婚約はしているのですよね？」

「ええ、それはそうだけど……間違いなくあなたたちの関係の方が私たちよりは進んでいるわね」

カレンが俺とクラリスを交互に見る。

「そ、そんなことないです。私たちも……その……カレン様たちと同じで……」

「え⁉　あんなに馬車の中でイチャついていたのに⁉」

「イチャついていたなんてそんな……ただ嬉しかっただけで……」

耳まで赤くして答えるクラリス。

「ほら！　恋バナはあとで私がちゃんと聞いてあげるから！　今は先を目指すわよ！」

収拾がつかなくなりそうな話を強引にサーシャが締め、ゴンたちと別れて深部を目指す。

「そういえばざっくりとしか隊列を決めていなかったのですが、どうしますか？」

二層に潜りエリーとミーシャの戦闘をぼんやり眺めていながらカレンに問う。

「正直私はあなたたちの実力を知らないの。【花蓮】で動いていたときも、警戒こそしてはくれるものの、エリーは戦闘に参加してくれなかったし、クラリスも同じで弓を構えていただけで……あなたたち三人はいつも一緒に潜っていたのでしょう？　そのときはどういう隊形だったの？」

目立つなと言われていたから、クラリスはピンチにならない限りは手を出さないつもりだったのだろう。

エリーに関しては恐らく気分だろうな。今はミーシャと連携を確認しながら慎重に戦っている。

「三人で潜っていたときは前衛がエリー、中衛が僕で、後衛がクラリス。といっても接敵するまでは固まって歩いていましたが」

「……そう。サーシャ先生は？」

「【風雅】というパーティを組んでいたときは私たち二人とも後衛ね。ミーシャを前線に立たせるのが怖かったから」

どちらかというとミーシャは後衛よりのステータスではあるよな。

でも敵に視認されにくいというあの能力は魅力的だし、槍術の才能値もＢ。

結局は本人がどちらをやりたいかによると思う。

「そうね……では前衛をあの二人、中衛をマルスとクラリス。後衛を私とサーシャ先生でいいかしら？　クラリスの実力だけが未知数だから少し不安だけれども」

そうか。カレンはクラリスが戦っているところを見たことがないのか。

「カレン、クラリスの後衛としての能力は私が保証するから大丈夫よ」

一方でサーシャは先日俺たちと五層まで一緒に向かったから、クラリスの実力は分かっている。

まぁこれも潜っていけば分かることだろう。

このパーティで潜る初日の寝床は二層。

近くに誰もいないことを確認してから、魔物を一体残して縛りつけた。

サーシャがテキパキと野営の準備を指示するなか、恐る恐るサーシャに声をかける。

「サーシャ先生、カレン様、ミーシャ。少しお話があるのですが……」

「どうしたの？」

準備の手を止め、俺の話に耳を傾けてくれる三人。

「もう少し快適な迷宮ライフを送りませんか？」

「いつもそう思っているけれども？」

「では、これから見ることは秘密にしていただけませんか？」

不審な表情を浮かべながらも三人が頷く。

「ありがとうございます。では……」

頭にある物をイメージし、両手に魔力を込める。

「ちょ!?　何をするつもり!?」

突然の出来事にサーシャが身構える。

が、構わずに魔力を解放。

「――――っ⁉　こ、これは……浴槽？」

驚く三人を横目にどんどん土魔法で野営に必要な物を作り上げていく。

脱衣スペース。乾燥スペース。ベッドにトイレ……それらを仕切るパーティションも。

「す、すごいよお母さん！　このベッド！　表面は石でできているけど、柔らかい！」

ミーシャがベッドの上で飛び跳ねると、白い太腿が露《あら》わになり、その先まで見えそうになり咄嗟に目を背ける。

「ミーシャ！　見えてる！　見えてる！　やめなさい！」

クラリスが慌てて静止するが、ミーシャの興奮は止まらない。

「ねぇ⁉　この浴槽大きいよね！　みんなで入れるんじゃない⁉」

確かに六人で入れるな……ってことは……。

「ちょっと！　鼻の下が伸びてるわよ！」

クラリスに頬をつねられてしまった。

「……にしてもマルス。あなた風魔法使いにして火と土も……ってことは？」

サーシャの言葉に皆の視線が俺に集まる。

風魔法使いの俺が一番覚えづらいであろう土魔法が使えるんだ。

当然残りの水魔法もと思うのは当然の流れかもしれない。

ここで変に隠して探りを入れられるよりかは、言ってしまった方が、神聖魔法のことまでは追及されなくなるだろう。

「はい。その通り……僕は四大魔法すべて使えます」

浴槽に水を張り、火魔法で温めると、唖然《あぜん》としたカレンが口元を押さえながら呟く。

「四大魔法すべて使える者が同じ世代に二人も!?　百年に一人くらいと言われているのに……」

二人？　俺以外にも四大魔法すべて使える奴がいるのか。

「カレン？　四大魔法すべて使えることより、このMP量の方が凄いと思わない？」

「はい……それにいくつもの魔法を同時に発現させたり……信じられないことばかりです」

サーシャの問いかけにカレンが頷く。

「あ、あれ？　カレン様は先日のことを覚えてないとリーガン公爵に仰っていた気がするのですが……」

俺の質問にカレンがハッと口を塞ぐ。

「そ、それはマルスがあまり話したくなさそうだったから……それに意識を飛ばしてしまったことは本当だし」

二人とも色々見ていたのか。

これはどうにかして秘密を漏《も》らさないようにしてもらわないと。

「そんな顔をしなくても大丈夫よ。マルスは秘密にしたいのでしょ？　だったら漏らさないわよ。ミーシャも誰にも言わないようにね。マルスに嫌われるわよ」

「うん！　絶対に言わないから安心して！」

ミーシャが親指を立ててかわいくウィンクを飛ばしてくれる。

「わ、私も助けてもらった身だから変なことは言わないわ。見くびらないでちょうだい」

よし、ここはみんなを信じよう。

「じゃあ私たちは先にお風呂に入るから、マルスはよろしくね」

女性陣がパーティションの向こうに消えていく中、万が一魔物がポップしたときのためと、生徒たちがこの部屋に入ってきたとき、このパーティションの先に行かせないようにするという重要な役目がある。

もしパーティションの中に魔物がポップした場合は、女性陣に対応してもらうことになるから、その辺はクラリスが周知してくれるはず。

クラリスたちが風呂から出る一時間、俺は一人魔法の訓練をしながら時を過ごした。


「これだけ設備が整えば、迷宮に潜るのは苦じゃなくなるわね」

俺も風呂に入り、皆で食事を摂っていると、周囲を見渡しながらサーシャがしみじみ漏らす。

「そうなんですよ。でもこれを知ってしまうと、マルスと一緒に潜れないのが辛くて……今回の迷宮試験でマルスの大切さを身に染みて分からされました」

「……マルス……離れる……死ぬ……」

まぁどんな事情であれ一緒にいたいと思ってくれるのであれば嬉しい。

「確かにそうね。パーティションがあれば男子たちからの煩わしい視線からも逃れられるし」

「うん！　私はもう決めたんだ！　マルスと一緒のパーティに入るって！」

俺がSクラスに入ると七人となるから、最低でもパーティが二分割されるというわけか。

「マルスは誰と組むとかは決めているの？」

「そうですね……クラリスとエリーは確定として、男であればゴンとカールですかね」

サーシャの質問に答えると、渋い表情をされる。

「ゴンとカールってEクラスの子？　だとしたらやめておいた方がいいわよ？　たぶんマルスも味わったかもしれないけど、SクラスとEクラスの生徒が親しくするだけで、他のクラスの子が嫉妬するから」

確かに俺がクラリスたちと一緒にいると、周りからの視線はきつかったな。

ゴンとカールを思えばこそ、一緒に組まないという選択肢もあるのか。

二人がSクラスとは言わずとも、上位のクラスになってから組むという手もあるしな。

「パーティのことは迷宮試験が終わってから決めてちょうだい。今日はもう遅いから寝ましょう」

「分かりました。ではまず皆さんから寝てください。でもこれだけは了承してほしいのですが、ここは安全地帯ではないのでたまに皆さんの様子を窺います。寝顔とかは極力見ないようにしますが、室内に入るのでそこだけはご了承ください」

安全地帯であれば、一緒の時間帯に寝ることが可能なのだが、ここは違うからな。

皆の了承を得たところで、再度見張り兼、魔法の訓練に明け暮れた。

――三日後の迷宮試験十四日目

「痛っ――」

ロックリザードの群れを背後から襲撃していたミーシャが、一撃で仕留めることができず、わき腹に反撃をうけてしまった。

警戒はしていたものの、あれだけ至近距離でとなるとすぐに対応することはできない。

追撃を防ぐのがやっとで、ロックリザードたちを倒してから皆でミーシャの下に集まる。

「カレン。申し訳ないけど今日はここまででいいかしら？　ミーシャの傷の手当てをしたくて」

「もちろんです！　謝らないでください！」

その日は大事を取り、潜るのをやめてすぐに野営の準備。

ミーシャの傷は意外に深く、回復薬《ポーション》を飲ませても完治に三日はかかり、もしかしたら傷も残るかもしれないと、看病していたサーシャが深刻そうに語る。

皆が寝静まり、いつものように一人で見張りをしていると、後ろに人が立つ気配がした。

「クラリスか？」

「……うん。ちょっといいかな？」

もうクラリスが何を言いたいのかは分かっている。

黙って頷くと、クラリスが隣に座る。

その顔は何かを決意した表情をしていた。

「私、ミーシャを治すね」

予想していた通りの言葉……そして俺もミーシャが怪我を負ってからずっと、そのことばかり考えていた。

「分かった。皆が寝ている今がいいな。悪いが俺も一緒について行かせてもらう」

俺だってミーシャが怪我を負ったときすぐに回復をしたかった。

でも神聖魔法だけはバレたらまずい。四大魔法すべて使えることよりもだ。

この学校に来てからその希少さが分かるようになった。

なにしろ授業でもA級冒険者と神聖魔法使い、どちらか一人しか助けられない状況があった場合、絶対に神聖魔法使いを助けろと習うくらいだ。

女性陣がすやすやと眠る中、痛いのかうなされているミーシャの近くにクラリスと忍び込む。

クラリスがミーシャのお腹を露出させ、患部に当ててある血塗《ちまみ》れの布の上に手を当てると、優しい光がミーシャの傷を癒《いや》す。

その輝く光を見ていると、俺たち以外にもその光を眺めている者の存在に気づく。

「クラリス！」

声を押し殺しながら叫ぶと、クラリスも気づいたようだが、

「待って！　もう少し！」

と、治療を優先させる。

神秘的な光が収まり、クラリスが治療を終えたのを確認し、その人物に声をかける。

「サーシャ先生。ちょっとよろしいでしょうか？」

自分でも恐ろしく低い声が出たのにびっくりした。

サーシャは話せば分かってくれる。

何かあればミーシャを助けたことを恩着せがましくちらつかせるのもありだろう。

しかし、もしものことがある……そのときは躊躇わない。

心の中の刃を隠し、クラリスとサーシャと三人、外で話すことにした――


静寂の中、三人でテーブルを囲む。

なぜかクラリスに両手をテーブルの上に置くように指示され、右側に座るクラリスの両手が俺の右手に被さる。

「そんなに怖い顔をしなくても大丈夫よ。クラリスが神聖魔法使いというのを私は以前から知っていたから」

そんなことはありえない。それが本当であれば、今頃クラリスは他のAランクパーティに斡旋《あっせん》されているはずだからな。

無言を貫いていると、サーシャが続ける。

「ミーシャからダメーズを買ったということは聞いた？」

突然話が変わったことに驚き、何が言いたいか分からなかった。

「はい。久しぶりに会ったとき、ダメーズさんも一緒でした」

俺がいつまでも答えなかったので、クラリスが代わりに答える。

「あなたたちと別れたあと【風雅】のメンバーと一緒に別のクエストに向かったのよ。そのときダメーズがついてきてね。そういうことは珍しくないのよ。私は妖精族《エルフ》。自慢じゃないけど今までも私に惚《ほ》れて付きまとう男は一人二人じゃなかったの」

まぁこれだけの美貌だからな。分からなくはない。

「あいつもそのうちの一人。そのうち切れると思っていたのだけれども、【風雅】のメンバーが怪我をしたとき、ダメーズがこんなことを呟いたのよ。クラリスさえいれば回復してもらえるのにって」

「「あっ――――」」

俺と同様クラリスも、サーシャが何を言いたいのか分かったようだ。

「その様子では分かったようね。そう、ダメーズはあなたが目の前で神聖魔法を唱えるのを見たと言ったのよ。最初は私の気を引くための戯言《ざれごと》かとも思ったのだけれども、クラリスの身体的特徴は神聖魔法使いそのもの……いえ、それ以上なの。だから気になってグランザムで情報を収集していたら、やはり神聖魔法使いではないかって。ちなみに住民の誰一人、口は割らなかったわ」

盲点だった。まさかダメーズから漏れるとは。

サーシャの言葉を信じるのであれば、グランザムの住民からは漏れていないというのが不幸中の幸いだが。

「安心して。ダメーズは私の奴隷。このことは誰にも喋るなと命じてあるから、もうダメーズから漏れることはない」

「え？　もしかしてダメーズさんを奴隷にしたのは？」

「ええ。これがミーシャを助けてくれたクラリスに対してのお礼よ。もちろんミーシャにも言っていないし、リーガン公爵にも報告していないわ。まぁ今となってはダメーズを買って良かったと思っているわ。意外と頭が働いて有能なのよ」

ミーシャからは男避けで奴隷にしたと聞いていたが、そんな事情があったとは。

もしかしたらミーシャを助けていなければ、ダメーズから話を聞いた奴らがクラリスを奪いに来ていた可能性もあるということか。

なにしろ神聖魔法使いはとんでもない高値で売れるらしいからな。

それにミネルバとドミニクを回復したとき、サーシャがカレンを説き伏せたのも、納得ができる。クラリスを思えばこその行動だったのか。

「すみませんでした！　疑うような真似《まね》をして！　そのうえ僕は……」

「いいのよ。嬉しかった。ミーシャのために神聖魔法を使ってくれて。それはクラリスもじゃない？　マルスが自分のために私と戦おうとしたのだから」

サーシャの視線が頭を下げている俺から、隣のクラリスに移る。

「どちらかというとヒヤヒヤしてました。マルスが早まらないようにって。サーシャ先生やミーシャであれば分かってくれるとは思っていたので」

えっ？　バレてたの？　だから今でもクラリスは俺の右手の上に両手を被せているのか。

「マルス。再度誓うわ。私の口からは絶対に漏らさない。どんな拷問《ごうもん》をうけようとも……と、思ったのだけれども、魅了眼にだけは抗《あらが》えないから許してね」

「魅了眼？　リーガン公爵の魅了眼は通じないのでは？」

「ええ。でも男で魅了眼使いがいるかもしれないじゃない？　しかも魔力が高い奴が。そんな奴はだいたい悪評が出回って処されるのがオチなんだけどね」

魅了眼って相手を自白させるような使い方もできるのか。とんでもない魔眼だな。

「ねぇ？　ミーシャの傷を見てきてもいい？　どうなったか気になって」

サーシャの表情が母親のものに変わる。

「ええ、もちろん。クラリスも一緒に見てやってくれないか？」

本当は俺も見たいけど、娘の肌を男にジロジロと見られるのはいい気持ちはしないだろうからな。

傷を見て戻ってきたサーシャの顔は少し涙ぐんでいた。

「え？　なんかありました？」

思わず聞くと、

「いいえ、傷跡もなく熱も下がっていたわ。ありがとうね」

何度も頭を下げるサーシャ。

その姿を見て心に誓う。

もうこの人を疑うようなことはしないと――――

# 第13話　新たなパーティ

――迷宮試験十五日目

「あれ？　私の傷なくなってる！　痛くないし！　ほら！　見て！　触って！」

ミーシャが制服を捲《まく》り、俺に白くくびれたお腹を見せてくる。

クラリスやエリーのように、特別な理由で成長著しい女の子でもない限り、この歳の子のお腹をくびれていると表現するのは少しおかしい気もするが、それが一番しっくりくるからな。

だがそれでも触ってと言われて、触るようなことはしない。

「おお。やっぱり綺麗な子に傷は残らないんだな」

ミーシャは満足したようで、サーシャに「私綺麗？」と様々なポーズを取っている。

「あまり驚かないようね。間違いなく数日は安静にしないといけない傷だったのに」

カレンが皆を探るように問う。

「そ、そんなことないですよ。僕は寝起きでまだ頭が働いてなくて。でもカレン様もあまり驚いてないようですが？」

またまた迂闊《うかつ》だったな。

治っていることは知っていたからあまりリアクションを取れなかったのだ。

「私？　私は十分驚いているわ。でもその他にも驚くことが多くて。四大魔法全部使えたり、底知れぬＭＰを持っていたり、いくつもの魔法を同時に扱えたり……それに剣の腕も超一流で、身のこなしは前衛そのものなのよね。もう神聖魔法使いが現れたとしても驚くことはないわよ」

やべ……神聖魔法使い以外のことは全部俺のことを指しているな。

それにカレンはミネルバとドミニクの傷が治ったのも知っている。

もしかしたら薄々何かを勘づいているのかもしれない。

疑惑の目を向けられながらも五層を巡回する俺たち。

「ゴーレムは出てこなかったわね……どうしてあのときだけ……」

風呂上がりにカレンが首を傾げる。

カレンの言う通り、天眼で罠などもくまなく探し、踏める罠はすべて踏んだのだが、ゴーレムが現れることはなかった。

「そうね。明日も四層と五層を探索しましょう。それよりあなたたちはまだまだ深層へ潜れそう？　私が見た限りでは大分余裕をもっているように思えるのだけれども？」

サーシャが皆に質問すると、

「余裕どころか、今のところ私の出番は皆無。この前もこのような感じだったので五層に潜ってしまい、みんなに迷惑をかけてしまったのですけどね」

カレンが呆れた顔で答える。

まぁ出てくる魔物の脅威度はＤ～Ｅクラス。

そのほとんどをエリーとミーシャが、残りを俺の左手による剣術の訓練と体術で倒してしまっていたからな。

この中でミーシャのレベルだけが低いから、なるべくミーシャに倒させるようにという配慮もあった。

「リーガン公爵の話だともうそろそろ騎士団が投入されるころだと思うの。騎士団が潜ってきたら六層に潜って、中ボス部屋にチャレンジしてみようと思うのだけれども大丈夫かしら？」

サーシャがこう言うと、カレンを含めた皆の視線が俺に集まる。

このパーティリーダーはカレンだからカレンに聞けばいいと思うのだが……。

「カレン様が行くというのであればよろしいのではないでしょうか？　ちなみに中ボス部屋はどのような魔物が出るのか教えていただくことは可能ですか？」

「もちろん。中ボス部屋に出て魔物はロックリザードの他に、火属性のグレムリンに水属性サハギンと土属性スパンチュアの計三体。ラキラビという兎《うさぎ》の魔物が出るという話もあるけど、出ても大した魔物ではない……むしろいたらラッキーと思ってくれればいいわ」

魔物が出てラッキー？　どういうことだ？

俺の表情を見て察したサーシャがさらに説明を加える。

「ラキラビという魔物は、とにかく出現頻度が低くて、私も二年前にこの子と一緒にツノウサ草原というところで遭遇したのが初めて。特徴は風を纏いながら逃げ回るだけ。基本攻撃はしてこないの。ラキラビは風と共に幸運を呼ぶと言われているわ。ミーシャが今装備をしている疾風《しっぷう》の槍はラキラビを倒した近くに落ちていたの」

へぇ……ラキラビかぁ……一度でいいから会ってみたいな。

「ラキラビの話は置いといて、注意すべきはスパンチュアとグレムリンのコンビね。スパンチュアは大きな蜘蛛《くも》で絶えず糸を吐き続けてくるわ。その糸に絡まると動けなくなるから注意ね。そこにグレムリンの炎がくると危険だから、まずはスパンチュアから倒すのが常套《じょうとう》手段ってわけ」

これは厄介。前衛がかなりきつそうだ。さらにサーシャの説明は続く。

「サハギンは槍を持つ魔物で水辺だと無類の強さを発揮する魔物だけど、この迷宮では水がないから大丈夫。それでもしっかりと脅威度Cの強さはあるから気をつけてね」

サハギンは俺かエリーが対応だな。

「聞けば聞くほどに難易度が高い部屋ね……ここを【紅蓮】は試験開始二十五日目でクリアしたというのだから本当に化け物」

カレンが腕を組みながらため息をつく。

「【紅蓮】にはグレンだけでなく、人形使い《ゴーレムマスター》もいるというのが大きかったわね。同行したのもキュルスだというし」

人形使い《ゴーレムマスター》い？　さすが大陸一の学校だけあって多才な人物が集まってくるんだな。

中ボス部屋に潜ったときのことを皆でシュミレーションしてから、女性陣が先に眠りについた。

――――二日後の迷宮試験十七日目
中ボス部屋の壁の色はまるで侵入者に警告を発しているかのような黄色だった。

「みんな準備はいい？」

扉の前でカレンが最終確認を取り、皆が頷く。

「じゃあ、マルスお願い」

扉を開けて部屋に最初に入るのは俺の役目。

ちなみに俺とサーシャはなるべく攻撃には参加しないでくれとカレンに頼まれている。

理由は自分たちの今の実力を測りたい、勘違いをしたくないからとのこと。

ゆっくり扉を開けて注意深く部屋に入ると、部屋の中央あたりを徘徊《はいかい》するように飛んでいた小さな魔物から奇襲攻撃を受ける。

小さな魔物が息を吸ったと思ったら、一筋の炎を吐き出したのだ。

「《氷壁《アイスウォール》》！」

入ってすぐ後ろからクラリスが氷の壁を目の前に発現させると、皆が部屋になだれ込み開戦。

「まずはスパンチュアからよ！」

カレンが天井を移動しながら糸を吐き散らかすスパンチュアを指さす。

「うん！　任せてよ！」

呼応したミーシャの掌からは《ウィンドカッター》。

「ミーシャ！　他の魔物も見ながらね！」

しかし、サーシャの声は届いていないようで、ミーシャは一心不乱になって《ウィンドカッター》を撃ち続けている。

「ちょっと⁉　ミーシャ！　聞こえてる⁉」

再度確認するが、ミーシャはスパンチュアに夢中。

「サーシャ先生。僕がミーシャを見ておきますので……」

「ええ……よろしくね」

苦笑いを浮かべるサーシャ。

カレンの火魔法に対しては糸を盾のように吐き出し直撃を防ぎ、ミーシャの《ウィンドカッター》も糸を幾重にも重ねて威力を弱め、逃げ回るスパンチュア。

しかし、カレンの冷静な対応によって、反撃する間もなく徐々に逃げ場がなくなっていく。

というのも、最初に火魔法が糸の盾によって防がれたのを確認すると、カレンは追い込み漁をするが如く、スパンチュアの逃げ道を火によって塞いだのだ。

スパンチュアを倒すのは時間の問題。

ミーシャを視界に収めながら視線を他に移す。

炎を吐き続けるグレムリンに対しては、クラリスが四方を《氷壁《アイスウォール》》で囲み、身動きを取らせない状態に。

炎で《氷壁《アイスウォール》》が溶かされるたびに《氷壁《アイスウォール》》で塞ぐ。

半魚人のサハギンはというと、三叉の槍を持ち、ロックリザードを従え突っ込んでくるが、エリーが注意を引き、カレンやミーシャの近くにこさせない。

しかし、サハギンは近距離タイプの脅威度C。

いつものような余裕がエリーにもなく、攻撃を回避するのに必死。

だが回避に徹したときのエリーをなかなか捉えられないのは、何度もスパーリングをしている俺が一番知っている。

獣人特有のバトルセンスに加え、エリーの柔軟性、そして金獅子としての疾《はや》さが加わり、ステータスで圧倒していても触れることすら難しい。

そこにグレムリンの身動きを封じながらクラリスが加勢。

魔法の弓矢《マジックアロー》で着実にダメージを与え、なおかつグレムリンを《氷壁《アイスウォール》》で閉じ込めるクラリスは間違いなく今回の戦闘のキーマンだ。

その姿に見惚れていると、目の前のミーシャが突然飛び跳ねた。

「やった！　脅威度Cのスパンチュアを倒したよ！」

そこには脚は斬られ、炎に飲まれたスパンチュアの姿が。

「ナイスだミーシャ！　今度は槍を持ってエリーを助けてやってくれ！」

「うん！　次もやってやるんだから！」

《氷壁《アイスウォール》》で閉じ込め、無力化しているグレムリンは最後にして、サハギンとロックリザードに攻撃を集中させる。

今まで魔法主体で戦っていたミーシャはすぐに槍を携え、エリーの下へ。

ここ最近ずっと二人で話し合いながら練度を高めていっていたので、二人の連携は上々。

まだクラリスとエリーのコンビに比べれば目につくところもあるが、この二人は私生活もずっと一緒だからツーカーの仲。

わずか数日でここまでできれば上出来だろう。

そこにカレンも加わると、途端に攻勢となる。

サハギンも終始エリーに迫るが、クラリスの魔法の弓矢《マジックアロー》に射貫かれ思うように動けなくなり万事休す。

最後はカレンの《ファイアボール》に焼かれた。

残るはグレムリンのみ。

クラリス、エリー、ミーシャの三人で攻撃態勢を取り、《氷壁《アイスウォール》》を解除する。

グレムリンは俺たちから見て反対側の《氷壁《アイスウォール》》を溶かそうとしていたらしく、《氷壁《アイスウォール》》が解除された瞬間、グレムリンの炎が反対の壁に舞い上がる。

その瞬間、壁近くから尻尾に火がついた小動物が部屋のそこかしこに逃げ惑う。

「ラキラビだ！」

ミーシャが兎に興奮するが、サーシャがピシャリと一言。

「ラキラビは後回し！　ここだと逃げられないからまずはグレムリンから！」

確かにラキラビは自身に引火した火を消化するために部屋中を駆けずり回っているようだ。

どうやってか隠れていたが、グレムリンの炎に巻かれて仕方なく出てきたのかもしれない。

それを見た三人もサーシャの指示に従い、グレムリンに攻撃を集中させる。

クラリスの魔法の弓矢《マジックアロー》をメインに、グレムリンの炎での攻撃をミーシャのウォーターで威力を弱らせ、エリーが周囲を駆けグレムリンの集中力を切らす。

三人に集中砲火されたグレムリンは見る見るうちにＨＰを削られている。

そしてクラリスが止めを刺そうとしたときだった。

猛スピードでラキラビがクラリスに接近したのは。

攻撃してこないとは言ってもラキラビは魔物。

万が一ということもある。

だがここまできて俺が手出しして台無しにはしたくない。

そんな思いから未来視《ビジョン》を発動。

「えっ――――？」

まさかの未来が俺の眼に飛び込んできた。

クラリスがグレムリンに止めの一射を放つと同時に、ラキラビが幸運の風とやらを纏いながらクラリスの近くを通り過ぎる。

すると、法衣と一緒にスカートが舞い、神々《こうごう》しいまでのピンクと紫色のリボンがチラリ。

咄嗟にスカートを押さえるクラリスとバッチリ目が合うと、一瞬にしてクラリスの顔は真っ赤な花火のように染まった。

「み、見た？」

「え？　あ？　うん……」

気まずい空気が一瞬流れるが、そんな空気を一発で解消するくらい朗らかな声が中ボス部屋に響く。

「やったぁ！　ラキラビ倒したよ！」

逃げ惑うラキラビを一突きで仕留めたミーシャが、満面の笑みを浮かべ皆に見せびらかすと、クラリスの顔も一変。みんなで中ボス部屋クリアの喜びを爆発させる。

ふぅ……あまりにも突然の出来事で目が離せなかったけど、今度からは俺も気をつけよう。今度ちゃんと謝るか。

と、俺もみんなの喜びの輪の中に混ざろうとして、別のお宝が目に入った。

「あ、あれ？　宝箱じゃないか？」

「「「えっ⁉」」」

声を揃《そろ》えてカレン、ミーシャ、サーシャの三人が俺の指さす方へ視線を向ける。

「あああぁぁぁ！！！　本当だぁ！」

大喜びではしゃぐミーシャに、

「は、初めて見た……本当に実在するのね……」

目をぱちくりさせるカレン。

「私も数年ぶりに見たわ」

数年ぶり？　サーシャの言葉に逆に驚いてしまう。

「ねぇ？　どうする？　誰が開けるの？」

ミーシャの顔には自分が開けたいと書いてある。

「そ、そうねぇ……私もこういうのよく分からないのだけれども……どうすればいいのかしら？」

声が上ずるカレン。

「私たちの場合はいつもマルスが開ける役だったけど……」

まだ頬が少し赤いクラリスが俺を見つめる。

「ああ……でもここはカレン様に任せます。俺はもう何が出ても今の感動を越えることは……」

はっ⁉　何を言っているんだ俺は⁉

慌ててクラリスに弁明しようとすると、

「……バカ」

と、恥じらうように一言。

「じ、じゃあ私が開けようかしら」

緊張に震えながらカレンが皆に問うと、

「うん！　いいよ～」

あれだけ開けたそうだったのにあっさりとミーシャが同意する。

「じゃあいくわよ……」

カレンがゆっくりと開けたそこには金のインゴットが三本。

ガッカリと肩を落とすカレンにサーシャが励ます。

「これはいい方よ？　ほとんどが、回復薬《ポーション》や魔力回復薬《マジックポーション》だから」

やっぱり俺は運がいい方なんだな。

湧き部屋でない限り、装備品ばかりだからなぁ……まぁ一番酷かった物は金の宝剣だけど、あれはあれでバルクス王に献上されているから、ジークたちからすれば大当たりだったしな。

皆でカレンを慰めながら、入口とは反対側の扉を開けると、そこには白く輝くスペースが。

中ボス部屋のすぐ隣が安全地帯だったのだ。

「さて、今日から二、三日ここで過ごすわよ。七層までは潜らない予定だから、ここを拠点に六層を見回るから、いいわね？」

サーシャが荷物を下ろすと、さっそく野営の準備。

今までは魔物が出現する部屋や通路で寝泊まりしていたのでMPを枯渇させるときも注意が必要だったが、安全地帯ではそんなことを考えなくてもいい。

また念のため見張り番を立てていたが、それも不要。

いつものように野営セットを作ろうとすると、エリーから注文が入る。

「マルス、クラリス、私……一緒……アルメリア……」

なるほど。アルメリア迷宮のときのように近くで寝たいということか。

俺たちがアルメリア迷宮の三層の安全地帯で寝るときは、パーティションで区切りはするが、すぐ近くで寝ていた。

エリーは人一倍気配を察知するのに長けているので、俺が近くにいると安心してぐっすり寝られるという。

「分かった。じゃあ俺とクラリスとエリーは近くで寝るか」

「うん！」

眩《まぶ》しい笑顔を見せるエリー。

「べ、別に私も近くでも構わないわよ？」

「私も！　私も！　信用しているし！」

カレンとミーシャもこうは言ってくれるが、カレンと近いとバロンに悪いし、ミーシャの場合はサーシャの気が気でない……むしろサーシャ自身が身の危険を感じるかもしれないしな。

丁重にお断りし、二箇所に寝床を作り、残った時間で六層を探索する。

基本六層の魔物はロックリザードと中ボス部屋に出てきた脅威度Cの魔物一体という構成で、その日は数部屋回るにとどめた。

――――迷宮試験十八日目三時
ふふふ。ついにこの待ち望んでいたときがやってきた。
ずっと……ずっと我慢してきたんだ。
この扉の先には……あいつらが……もう我慢できない。
気持ちを抑えきれず、勢いよく扉を開けると、皆の視線が俺に集まる。
しかし、そんなこと関係ない！
俺が最初に襲うのはお前だ！

目標に飛び掛かると、相手も待ち望んでいたかのように俺を受け入れる。

その右手から伸びる槍を、左手に持つ火精霊の剣《サラマンダーソード》でパリィしたのが開戦の合図。

サハギンを先頭にロックリザードが、グレムリンが、スパンチュアが俺をめがけて突撃しに来てくれる！

そう、俺が開けた扉は中ボス部屋への扉。

ずっと試したいことがあっても、カレンたちの前では憚《はばか》られた。

しかし、一人で行動することができれば訓練も努力も自由！

風纏衣《シルフィード》を展開し、右手には土魔法で作った石の剣、左手には火精霊の剣《サラマンダーソード》、未来視《ビジョン》に無詠唱風魔法の五つを同時に使用できるのか試してみたかったのだ！

結果、できるにはできる。

しかし、左手で剣を扱えるようになっても、片手に一本ずつ剣を持つと、どうしても斬るというよりは叩き潰す感覚になってしまう。

そう簡単には左右の手で同時に剣を扱うことはできないらしい。

とにかく今は経験が必要。

サハギンとロックリザードの攻撃をひたすらパリィし続け、グレムリンの炎は《ウィンド》ではじき返し、スパンチュアの吐く糸は未来視《ビジョン》で躱す。

魔物も疲れるんだな。

サハギンの突く槍の鋭さが失われ、グレムリンの炎の威力も明らかに落ちている。

スパンチュアは工夫もなく天井から糸を吐き続けてくるだけで、ロックリザードはそもそもステータスが低い。

物足りなくなったので、剣だけで殲滅し安全地帯に戻る。

一時間後にはピッチピチの魔物がリポップしてくるはずだからな。それまでは六層を回る。

アラハン迷宮の六層は、アルメリア迷宮の三層よりもレベルが低かった。

アルメリアの三層は脅威度Cしか出てこないからな。

それに比べれば物足りないが、左手の訓練には十分。

六層を駆けてからまた中ボス部屋へ。

皆が起きる前に戦闘を終わらせてから、安全地帯に戻り風呂に入る。

そこまで汗はかいていないがエチケットは大事。

特に同行しているパーティは女性だらけ。

クラリスたちに恥をかかせるわけにもいかないしな。

「おはよう」

風呂から出たころにみんなが起きてくる。

「あら？　マルス、やけにさっぱりした顔しているわね？　何かあった？」

いきなりサーシャに突っ込まれる。

久しぶりに全力で戦闘できたことにより鬱憤が晴れたからな。

「はい。ちょっと運動してきたら気持ちよくて！」

「ふーん。運動ね……ほどほどにしておきなさいね」

サーシャの視線が俺とクラリスを交互に行き来する。

もしかしたらサーシャはクラリスと一緒に潜っていると思っているのかもしれない。

迷宮での単独行動は危険を伴うからな。

この日も六層に異常はなく、六層は安全との判断を下し、二日後に地上に戻ることとなった。

——迷宮試験二十日目

今日は迷宮試験最後の朝活で本日二度目の中ボス部屋。

もうこいつらと当分会えないのか……と、しんみりしながら中ボス部屋に入ると、俺の背後から忍び寄る者が。

「やっぱり、ここに来てたんだ」

振り向くとそこにいたのはクラリス。

「ああ。試したいことがあってね」

いつものようにサハギンたちと戯れながら会話を続けると、クラリスもすぐに気づいたようだ。

「え？　二刀流？」

「そうなんだ。キュルス先生対策として、訓練効率アップのために左手でも剣を振っていたら、二刀流もできるんじゃないかってね」

「ごめんね。マルスが戦闘に参加しちゃうと私たちも訓練にならないから」

「そんなことないよ。見ているだけでも連携の確認はできるし、イメージもできるから。それに近くにいられるから変な心配もしなくて済むからね」

クラリスと離れると心配事が尽きないからな。

そして何より俺自身クラリスと一緒にいたい。

もうそろそろ倒さないと風呂の時間がなくなる。

そう思い、脅威度Cの魔物たちを倒し、最後のロックリザードに止めを刺したときだった。

幸運を呼ぶ兎がまた現れたのは。

「クラリス！　足元！」

「えっ？」

目を逸らさなきゃ！　と思っても正直な体は反応してくれなかった。

すぐにクラリスが《アイスアロー》でラキラビを倒すと、またも神風が吹く。

ピンクに白フリル。

クラリスの顔がみるみる赤く染まっていく。

「ご、ごめん……この前のも含めてまだ謝ってなかったね」

「あ、謝らないで。私の不注意が原因だから……」

どうやら許してくるようだ。

嫌われなくて良かった……確かに幸運の風だったかもしれないけど、間柄を壊されかねない。

もう出てこなくていいやと思っていると、ある物が目につく。

「クラリス⁉　また出た！」

咄嗟にスカートを押さえるクラリス。

「そ、そっちじゃなくて宝箱！」

「えっ⁉　本当だぁ！」

宝箱の前まで歩くと、クラリスも寄ってきて自然と手が重なる。

しっかり宝箱を鑑定し、罠がないことを確認してから開く。

そこには透明で氷のような輝きを放つクリスタルを中心に、淡い青や白の装飾が見事に施されたペンダントが。

【名前】氷雪のネックレス
【特殊】ー
【価値】B⁺
【詳細】水属性攻撃、水属性耐性UP、微疲労回復

「素敵……繊細で神秘的な作りね……」

クラリスは宝箱の中身に感嘆のため息を漏らすが、俺はそのクラリスに見惚れてしまう。

「これは間違いなくクラリスにピッタリだな」

ペンダントを取り出し、クラリスに渡そうとすると、

「え？　これも私に？　悪いよ！」

すぐに俺の手元に戻ってきてしまうペンダント。

「これは水魔法使い用のアクセサリーだよ？　それにクラリスに似合いそうだし」

「そ、そう……？　ありがとう。じゃあさ。私につけてみてよ」

「わ、分かった。でも初めてだから上手くできるか……」

まさかの言葉に慌てると、

「大丈夫。私も初めてだから」

クラリスが艶やかな銀髪を手でかき上げ、白く細い首筋が露わに。

戸惑いながらもクラリスの首に慎重にペンダントをかけようとするが、指先がクラリスに触れる度に心臓が早鐘を打つ。

クラリスの吐息とフローラルの香りがさらに鼓動を加速させた。

ぎこちなくもなんとかペンダントが首に安定すると、

「ありがとう。なんだか照れちゃうね」

先ほどとは違った恥じらいの表情を見せる。

「そうだね。でも心地よかった。じゃあ行こうか」

しっかりとクラリスの手を握り、まだ夢の中の皆の下へ戻る。

結局ゴーレムが出現することもなく、俺たちはアラハン迷宮を出ることに。

どうしてゴーレムが出現したのかは分からずじまい。
それが固有能力【天災】の仕業だと知ったのは大分あとのことだった——

# 第14話　紅蓮とグレン

迷宮試験終了まであと五日。

「そうですか。原因不明ですか……分かりました。騎士団にも念のため九層までは調べさせます」

他のクラスの者たちよりも先に学校へ戻り、リーガン公爵に迷宮に異常がなかったことを報告した。

もっと長く潜っていたかったのだが、食料が心許なくなったのと、もう一つの理由から帰ってきたのだ。

そのもう一つの理由というのがこれ。

「それにしてもカレン、見事です。破られることのないと思っていた【紅蓮】の記録を破ってしまうなんて。それもサーシャの手をまったく借りずに」

早く帰って【紅蓮】の記録を抜いたことを証明するためだ。

途中からカレンもできるだけ迷宮に留まりたい、騎士団に食料を分けてもらえばいいのではないか？　とサーシャに提案していたが、サーシャがこれを却下。帰還を選択したのだ。

サーシャ曰く、フレスバルド公爵家の次女ともなると様々なしがらみがあるらしく、カレンにはフレスバルド公爵家だけではなく、リーガン公爵や他のお偉方も期待しているという。

だから目に見える結果として、リスター国立学校史上最速でアラハン迷宮中ボス部屋攻略という箔《はく》をつけさせてやりたかったとのこと。

上級貴族の娘ともなると大変……と思っていると、リーガン公爵に名指しされる。

「マルス、同室の者たちが帰ってくる前に寮の引っ越しを終わらせておいてください」

ゴンたちとの生活も楽しかったから別れるのは寂しいけど仕方ないか。

「まだあります。マルスは今日からこの制服を着るように。新しい部屋にも四着届けてあります」

渡されたのはSクラスの赤い刺繍の入った制服。

「分かりました。今着ている制服はどうすればよろしいでしょうか？」

「マルスの方で処分してください。今後Eクラスの制服は絶対に着用しないでくださいね」

処分かぁ……もったいない気もするけど、着られないのであれば仕方ない。

「最後にもう一つ。Sクラスの序列戦を二月の三十日にやるように」

リーガン公爵が手元の書類に視線を落とし別の業務を始めたので、俺たちも校長室を後にした。

お昼の時間にはちょっと早いが、食堂棟へ向かう。

今日から俺も三階での食事を許されたので、迷宮に潜ったメンバーでテーブルを囲む。

「ねぇ？　あなたたちいつもそんな食事をしているの？」

俺とクラリス、ミーシャの食事を見たカレンがナプキンで口元を隠しながら問う。

ちなみにエリーの目の前には肉しかないが、しっかりクラリスが野菜を食べさせようとスタンバっている。

「体づくりに励んでいますから。足りない栄養素は朝食と夕食で補ってます」

「魔法使いなのに本当に徹底しているのね……」

呆れた顔をするカレン。

そうだ。皆に言っておきたいことがあったんだ。

「みんなにお願いがあるんだけど、俺は前衛で火魔法使いということにしてほしいんだ。あまり人前に出るのが得意じゃなくて……」

「構わないけど、目立ちたくないというのは絶対に無理よ」

なぜか自信たっぷりのサーシャ。

まぁこれから常にクラリス、エリーの二人と一緒に行動するだろうからそうだよな。

でも魔法使いということを隠せただけでも上出来……と、思っていたら、ミーシャが目を輝かせながら、皆に問う。

「ねぇ！　この前できなかったマルスの昇級祝いやろうよ！　迷宮試験の打ち上げも兼ねて！」

そういえばそんなことも言っていたな。

「俺は別にいいけど……」

「じゃあ、五時に一年生の校舎前に集合で！」

子供のように喜ぶ姿を見て皆の表情が緩むと、カレンがモジモジしながら口を開く。

「その前に言っておきたいことが……言いそびれてしまっていたのだけれども……その……あ、ありがとう」

「「「ん？」」」

なんのことか分からない俺たちは皆で顔を見合わせる。

もしかして迷宮試験で助けた時ことか？

「と、とにかくちゃんとお礼は言ったからね！　あと私に敬称をつけるのはやめなさい。敬語で接するのも禁止！　分かった⁉　解散！」

足早に去るカレンの背中を見送ってから、俺たちもそれぞれの部屋に向かった。

皆と別れた後、早速六階の新しく用意された部屋に荷物を運びこむ。

部屋の大きさはゴンたちと暮らしていた部屋の五倍以上、下手すれば十倍くらいはある。

ここであれば色々な器具を置けるな。トレーニング器具を土魔法で作り、早速ウェイト。

うん。これなら今までよりも体に負荷をかけることができる。

約束の時間まであと三十分。まだ早いが、時間に余裕を持たせて学生寮から出ると、すでにみんなが男子寮の前で待っていた。

いつもであれば、クラリスたちがここにいたらパニックになるだろうが、他の一年生は迷宮試験でここにはいない。

唯一バロンとドミニクの二人が、キュルスの扱きにあっているようだが、姿は見えなかった。

「ごめん。今から校舎に向かおうとしていたんだけど……」

「ううん。いいの。私とエリーは洗濯と掃除を終えてやることがなくなっちゃったから、ちょっと早く来ただけだから」

　さすがのクラリス。エリーもクラリスに口酸っぱく言われていやいや手伝ったんだろうな。

　その光景が頭に浮かび、思わずニヤついてしまう。

「わ、私はバロンとドミニクがキュルス先生に徹底的に扱かれていたから、ここまで送り届けたついでに待っていただけだから」

「はいはい。そういうことにしておきますよ～。私はお母さんに風魔法の訓練を付けてもらった帰りに寄ったら、もう三人がマルスの出待ちをしていたから、ここに来たんだよ」

　結局みんなやることがなくて来たということだな。

「じゃあ少し早いですが、行きましょうか？」

　が、そのまま南の方へ向かったのがまずかった。

　一年生は不在だが、二年生以降はいるのだ。

　二年生、三年生の男子寮付近を通過するころには、大勢の男子生徒たちに囲まれながら、並ぶように正門へ向かう。

　四年生の男子寮を通り過ぎようとしたとき、そいつは現れた。

　俺たち……クラリスたちに群がる男子生徒を一っ飛びすると、爽《さわ》やかな笑顔を見せ突然俺に抱き着いてきたのだ。

「マルス！　会いたかったぞ！」

突然の出来事に俺たちだけでなく、男子生徒たちも思わず息を呑む。

身長は俺より高くスタイリッシュ。鮮やかな赤い髪は情熱的で清潔感が漂う。赤く灯る正義感に溢れた目はまっすぐ俺を捉え、幼さを少しだけ残した顔からは自信が溢れている。

その人物を視認した瞬間、俺、クラリス、ミーシャの呼び方に違いがあるのに驚く。

「アイク兄！」

「お義兄様！」

「グレン⁉」

え？　グレン？　どういうことだ？

が、俺よりもカレン、ミーシャのリアクションの方が大きかった。

「アイク兄⁉　兄ってまさか⁉」

「お義兄様って⁉　言われてみれば確かにどこか似て……」

俺たちのリアクションも関係なしに今度はクラリス、エリーと軽くハグをするアイク。

「クラリスもエリーも。大人になって……その制服の色は一般クラスではないからSクラスか！」

「ちょ、ちょっといいかしら？　あなたたちは兄弟なの？」

どうやらサーシャも知らなかったらしい。

「はい。そうですが……アイク兄？　もしかして改名か何かしたのですか？」

「あ、ああ……グレンって呼ばれていることについてか？　話すと長くなるのだが……取り敢えずここではなんだからどこか場所を変えないか？」

　周りにいた男子生徒たちがざわつき始め、あることないこと言い始めている。

「銀髪ちゃんはもうグレンにメロメロ……もう無理だぁ」

「いきなり二人落としたグレンは……やっぱカッケぇわ」

「でもまだ俺たちには妖精族《エルフ》が残っているから諦めるな」

　確かにこの空気は耐えられないな。

「そうですね。僕もアイク兄とゆっくり話したかったので、もしよければ一緒にご飯でもどうですか？　みんなもいいかな？」

　誰一人反対する者などいなく、アイクを含めた七人でリーガンの街へ繰り出す。


　魔石灯に照らされた街の石畳を少し歩くと、迷うことなくアイクがある店の中に入る。

　扉を開けると、柔らかな照明が空間を包み込み、暖かみのある色調が目を引く。

　店内のレイアウトは洗練され、どこかアルメリアの屋敷を思い出すような雰囲気だった。

「ここは大きなクエストが成功したときや特別なときにだけ通うお気に入りの店なんだ」

　個室に案内されると、いつものように俺の右隣にはクラリス、左にはエリーが座り、正面にはアイク、そのアイクを挟むようにカレンとミーシャ。上座にサーシャが腰を下ろすと、早速アイクが自己紹介を始める。

「初めまして。俺はアイク・ブライアント。マルスの兄で【紅蓮】のリーダー。よろしく」

アイクに続きカレンたちも自己紹介を済ませると、グラスを合わせる。

ちなみにアルコール入り。

アルメリアにいたころ、誕生日とかで数度飲んだことがあるが、俺はお酒に強いらしい。

クラリスもそれなりに強く、俺たちは神聖魔法の《キュア》で酔いを醒ますことができる。

そんな俺たちよりもエリーは強く、一度も酔ったことがないという。

が、三人に共通するのはあまり好きではないということ。

俺に関しては、筋肉にあまりよくないということもあり、普段は避けるようにしているが、今日は別。

乾杯の合図と共に皆がグラスを口につけると、いきなりミーシャがかっ飛ばす。

「グレンは好きな人とかいる？　クラリス？　エリー？」

すでにミーシャのグラスは空。顔もほんのり赤くなっている。

こいつもしかして一気飲みしたのか？

クラリスも不安な表情を浮かべる。

それを見たサーシャが俺とクラリスの間に移動し、耳元で囁く。

（大丈夫。あの子が飲んでいるのにはアルコール入っていないから）

え？　まさか雰囲気だけで酔った。

さすが母親ってところだな。

「ああ。クラリスもエリーも大好きだ。そこらの男たちがクラリスたちを好きな気持ちよりは、間違いなく俺の想いの方が強いと思うが、俺はそれ以上にマルスが好きだからな。マルスに嫌われるようなことは絶対にしない。まぁ本気でクラリスたちを奪いに行ったところで、マルスに返り討ちにされるし、それこそクラリスたちにも相手にされないだろうな。それくらいこの三人は惹かれあっているんだ。他の者が間に入ることはできないだろうな」

　リップサービスだろうが、嬉しいことを言ってくれる。

　エリーすら歯茎が見えたが、ミーシャはなぜか落ち込んでいるように見えた。

　アイクが続けて、先ほどの質問にも答える。

「マルスは俺がグレンと呼ばれているのに驚いているのだろう？　俺もいつからそう呼ばれるようになったのか忘れたのだが、イチイチ否定するのが面倒になって放置していたらこのザマだ」

「分かります。噂とかをイチイチ否定するのは本当に面倒ですから」

　カレンが真っ赤なお酒を口に含みながら同意する。

「で？　俺からも質問なんだが、どうしてお前たちだけここに戻ってきているんだ？　まだ迷宮試験の最中だろ？」

　グラスを空にし、お代わりを頼みながらアイクが質問してくる。

「実は……」

　迷宮試験中に起きた不可解なこと、それでも中ボス部屋を最速でクリアしたことを報告すると、手を叩いて喜んでくれた。

「さすが俺の目標のマルスだ！　これからマルスと一緒に過ごせるかと思うとワクワクするな！」

　少年のように瞳を輝かせるアイク。

「え？　マルスってグレンよりも強いの？」

　驚いたのはカレンだけでなくサーシャもだった。

「リスター国立学校史上最高傑作の一人と言われているグレンより⁉」

「当然ですよ。マルスは八歳にして脅威度A……」

「あ、アイク兄！　今日はアイク兄の話をしませんか？　僕の話はいつでもできるので」

　危なかった。クイーンアント《アーリン》の件も含めてあとで口止めをしておかなければ。

「ではグレン。鑑定させてもらってもよろしくて？」

　気が強いカレンの瞳も、酔ったのか徐々にとろんとしたものに変わっていく。

「ああ。構わない」

　カレンについで、俺もアイクを鑑定する。

【名前】アイク・ブライアント
【称号】－
【身分】人族・ブライアント伯爵家長男
【状態】良好

【年齢】十五歳
【レベル】35（＋8）
【HP】225／225
【MP】1484／1484
【筋力】141（＋38）【敏捷】108（＋31）
【魔力】79（＋24）【器用】64（＋20）
【耐久】130（＋34）【運】10
【特殊能力】剣術　C（Lv8／15）（6↓8）
【特殊能力】槍術　B（Lv13／17）（9↓13）
【特殊能力】火魔法　C（Lv10／15）（7↓10）
【特殊能力】風魔法　G（Lv1／5）（NEW）
【装備】炎の槍《フレイムランス》
【装備】ミスリル銀の剣
【装備】火幻獣《イフリート》の法衣
【装備】火の腕輪
【装備】守護の指輪

「な、何？　このMP量は!?　前衛のステータスでこれは明らかにおかしい……それに槍術のレベル13で火魔法レベル10なんて……剣術もドミニクレベル。非がないわね」

ミーシャとサーシャもカレンに鑑定結果を聞くと目を丸くする。

確かにこれは凄い。上がりにくい器用値もしっかりと鍛え、風魔法も覚えているのか。

「いや、マルスに比べればまだまだだろうな。良くてクラリスと五分といったところじゃないか？」

皆の視線が俺の肩に寄りかかっているクラリスに集まる。

「え？　私？　お義兄様に勝てるわけないじゃない？」

謙遜するがそんなことはない。

【名前】クラリス・ランパード
【称号】聖女
【身分】人族・ランパード男爵家長女
【状態】良好
【年齢】十二歳
【レベル】35（+1）
【HP】180／180
【MP】1958／1958
【筋力】90（+4）　【敏捷】94（+4）

【魔力】１２３（＋５）　【器用】１３７（＋８）
【耐久】76（＋３）　【運】20
【固有能力】結界魔法　Ｇ（Ｌｖ１／５）
【特殊能力】剣術　Ｃ（Ｌｖ８／15）
【特殊能力】弓術　Ｂ（Ｌｖ11／17）（10→11）
【特殊能力】水魔法　Ｃ（Ｌｖ６／15）
【特殊能力】風魔法　Ｇ（Ｌｖ２／５）
【特殊能力】神聖魔法　Ａ（Ｌｖ11／19）
【装備】ディフェンダー
【装備】魔法の弓矢《マジックアロー》
【装備】聖女の法衣《セイントローブ》
【装備】神秘の足輪《ミステリアスアンクレット》
【装備】誓愛の髪飾り
【装備】偽装の腕輪
【名前】氷雪のネックレス

ステータスはほぼ互角。しかもクラリスには豪華な装備品がある。
距離を取り続けることができれば経験の差を埋め、勝てるかもしれないのだ。

ちなみにエリーはこんな感じだ。

【名前】エリー・レオ
【称号】ー
【身分】獣人族・レオ準女男爵家当主
【状態】良好
【年齢】十二歳
【レベル】30（＋１）
【ＨＰ】２０９／２０９
【ＭＰ】72／72
【筋力】１００（＋６）　【敏捷】１２７（＋８）
【魔力】25（＋１）　【器用】71（＋４）
【耐久】78（＋４）　【運】10
【固有能力】音魔法　Ｇ（Ｌｖ１／５）
【特殊能力】短剣術　Ｃ（Ｌｖ７／15）
【特殊能力】体術　Ａ（Ｌｖ10／19）
【特殊能力】風魔法　Ｆ（Ｌｖ２／８）

ちなみに俺の眼からは装備品もしっかりと見えているが、数か月前と変わらないので省かせてもらう。今後も装備品が変わらなければそういうことだと思ってくれ。

頼むから邪推はしないでくれよ。

接近戦においてステータス以上の実力を発揮するエリーの実力は、恐らくそこらのC級冒険者を凌ぐだろう。

そんなエリーは疲れていたのか、俺の膝の上で可愛い寝顔を見せている。

「さて、もうそろそろお開きにしましょうか？」

時間は十九時前。このお店に入って一時間ちょいといったところ。

サーシャも最初の一杯を飲んだだけであとはノンアルコールにしていた。

唯一、一滴もお酒を飲んでいないミーシャが、誰よりもお酒を飲んだように顔を真っ赤にしながらテーブルに伏せている姿を見れば、サーシャも気が気ではないだろう。

サーシャがミーシャをおんぶしながらカレンを連れて女子寮へ向かうのを見届けてから、残った俺、クラリス、エリー、アイクの四人で話すことにした。

エリーは外に出ると目を覚ましたが、今は俺の背中の上。

どうやら俺におんぶされていたカレンが羨ましかったようだ。

「マルス、エリー、近くに誰もいないことを確認してくれないか？」

俺の《サーチ》とエリーの索敵で誰も近くにいないことを確認すると、アイクが酔った己を鎮めるように慎重に言葉を発する。

「リーガン公爵の洗礼は受けたか？」

「洗礼？　なんのことですか？」

アイクの言葉にクラリスも不安の表情を覗かせる。

「良かった。まだか。リーガン公爵は魅了眼というとんでもない魔眼を持っている。異性を自由に操る力だ。操られたら最後、様々なことを聞かれ、為すすべなく答えてしまうんだ。だからもしリーガン公爵と会うときはこの指輪を……」

「あ、どうやら僕は魅了眼にはかからない体質のようで……」

俺に魔眼による鑑定が効かないこと、俺よりも魔力の高いリーガン公爵の魅了眼も効かなかったことを、指輪を外そうとしているアイクに伝えると、

「さすがマルス！　やっぱりマルスは規格外なんだな」

驚きながらも笑顔を見せる。

俺に渡そうとしたのは守護の指輪という代物。どんなものか興味があったので鑑定すると、

【名前】守護の指輪
【特殊】－
【価値】Ｃ
【詳細】状態異常耐性ＵＰ

これを装備させることで、リーガン公爵の魅了眼を受けても、神聖魔法のことがバレないようにと配慮してくれたのだろう。相変わらず最高の兄貴だ。

さらにアイクのアドバイスは続く。

「マルス。パーティを作る気はあるか？」

「ええ。クラリスたちが勧誘されて困るという話を聞いていますので、いずれは」

「そうか。じゃあこれだけは絶対に守った方がいい。パーティは六人まで組めるが、六人で組むよりも五人で組め」

ん？　六人で組んだ方が間違いなく安全だ。五人に留めておくメリットなんてないはずだが？

「確かに六人で組むメリットは大きい。だがな、有力なパーティほど五人で組んでいるんだ。その理由はいつ神聖魔法が入ってきてもいいようにするため。有力パーティが六人で組んでいるとそこには必ず神聖魔法使いがいると思われる」

なるほど。俺たちが六人で組むと、もしかしたら誰かは神聖魔法使いじゃないかと邪推されてしまう可能性があるのか。

でもそれは有力パーティに限るんだよな。あまり目立たなくすれば……クラリスとエリーがいる以上それは無理か。下手すれば有力パーティ以上に目立つな。

「最後にもう一つ。マルスの今のステータスを教えてくれないか？　どのくらい近づいたのか、あるいはどのくらい遠のいたかのかを知りたいんだ」

正直に申告するか迷ったが、アイクがそう言うのであれば話すことにした。
天賦と天眼のことは言わないけどな。

【名前】マルス・ブライアント
【称号】雷神／風王／ゴブリンスレイヤー
【身分】人族・ブライアント伯爵家次男
【状態】良好
【年齢】十二歳
【レベル】29（＋2）
【HP】207／207
【MP】7522／10305
【筋力】131（＋9）　【敏捷】139（＋10）
【魔力】186（＋8）　【器用】166（＋10）
【耐久】130（＋12）　【運】30
【固有能力】天賦（LvMAX）
【固有能力】天眼（Lv10）
【固有能力】雷魔法　S（Lv6／20）
【特殊能力】剣術　B（Lv12／17）（11→12）

【特殊能力】体術　G（Lv2／5）
【特殊能力】火魔法　F（Lv7／8）
【特殊能力】水魔法　F（Lv5／8）
【特殊能力】土魔法　F（Lv7／8）
【特殊能力】風魔法　A（Lv16／19）
【特殊能力】神聖魔法　C（Lv8／15）

「あ、相変わらずとんでもないな……すべてのステータスが100超えているのもそうだが、四大魔法すべてレベル5以上か……」

ゴーレムを倒したことと、アラハン迷宮六層を一人で走り回っていたから、クラリス、エリーよりも敵を倒す機会が多く、レベルが2も上がっていた。

火魔法についてはもう少しで何か掴めそうな気もする。

また会うことを約束しアイクと別れ、クラリスたちを女子寮の前まで送ってから、誰もいない部屋に戻った。


――――翌日。

「やったぁ！　私かなりついていけるようになったよ！」

俺の背中で騒ぐミーシャ。
それもそのはず。ミーシャは今回の迷宮試験で、かなりの魔物を倒しているからな。元々レベルの低かったからこそぐんぐんとレベルが上がり、体力もついてきたのだろう。

【名前】ミーシャ・フェブラント
【称号】ー
【身分】妖精族《エルフ》・フェブラント女男爵家長女
【状態】良好
【年齢】十二歳
【レベル】18（＋4）
【HP】90／90
【MP】258／258
【筋力】44（＋8）　【敏捷】52（＋9）
【魔力】58（＋8）　【器用】60（＋10）
【耐久】34（＋8）　【運】10
【特殊能力】槍術　B（Lv5／17）（4→5）
【特殊能力】水魔法　C（Lv4／15）
【特殊能力】風魔法　C（Lv5／15）

ミーシャのステータスは昔のクラリスを彷彿させる。

それに加え、ミーシャの長所は魔物に察知されにくいということ。

普段耳を塞いでいてもどこにいるか分かるくらい騒がしいのに、敵を対峙したときあれほど気配を消せるのは才能なんだろうな。

「そうだな。大分ついて来られるようになったな。暴走魔法の調子もよかったな。吹っ飛ぶ方向もある程度定まってきたし」

分かっているとは思うが、暴走魔法というのは自身に《ウィンド》を当て吹っ飛ぶこと。

「うん！　最初の頃は怖くてちびったりもしていたけど、今はそんなこともないんだ」

ん？　ってことは今もちびることがあるというのか？　そのちびったミーシャを毎日のようにおんぶしている俺は……まさかね。今のは言葉の綾《あや》だろう。

今日は筋トレの日なのでそのまま皆と別れて、作ったばかりの器具で体をいじめる。

あとはいつものルーティンをこなしてから食堂に向かうが、まだ一年生は帰ってきていない。

寂しく一人で飯を食ってから、Sクラスとして初めて学校に登校した。

# 第15話　Sクラス

「おはよう」

教室に入ると女性陣が一斉に振り向く。

「「「おはよう！」」」

どこに座っていいのか分からない俺をクラリスが手招きし、隣に座ると、エリーも俺の左隣に。

「……マルス……安心……授業中……眠れる……」

堂々と授業中に寝る宣言をするエリー。

「いなくてもエリリンはいっつも寝てるじゃん」

「……寝てない……目を閉じるだけ……」

どっちも同じような気がするのは俺だけか？　朝練で疲れているのかもしれないな。

「エリー？　辛かったら朝練を休んでいいんだぞ？」

「……ダメ……ずっと……マルス……一緒……」

少し遠くでやり取りを見ていたカレンも話に参加してくる。

「朝練って何をしているの？　体育館で魔法の訓練をしているだけではなくて？」

「ああ。俺たちは毎朝走っているんだ。その後俺は筋トレ。三日に一度休養日を設け、その日は体育館で魔法の訓練をしているんだよ」

まだカレンに対してタメ口は違和感を覚えるが、意識的に変えていくつもりだ。

「ああ！　だから毎日通っても来ない……」

何かを納得したような表情だったが、慌てて口を手で塞ぐ。

別に変なことは言ってないと思うのだが。

仕切り直すかのようにカレンは控えめに喉を鳴らし、小さく咳払いをしてから続ける。

「わ、私も参加していいかしら？　私も武術の授業は基礎体力向上を目指して走ったりもするから、どういうものか興味があって」

そういえばミーシャがそのようなことを言っていたな。

Sクラスの武術の授業は人によって先生や内容が違うと。

「ああ。もちろん。でも俺からもお願いがあるけどいいか？」

「お願い？　へ、変なことでなければいいけど？」

まぁそう言われたら怖いか。

「そんな警戒しなくても大丈夫。ただ火魔法を教えてほしいんだ。カレンほど火魔法に愛されている者は今後見ることがないだろうから」

火魔法に愛されているという言葉を聞いたカレンの真紅の瞳が輝く。

「ええ。もちろんよ。逃がさないから覚悟しておきなさい」

談笑をしているともう二人の生徒が入室してきた。

「なんだ？　いつの間にか仲良くなって……俺も混ぜてくれよ」

こう言いながらご機嫌に近づいてきたのは、カレンの婚約者であるバロン。

そのバロンの後ろにドミニクが続く。

「バロン、ドミニク。彼が新しくSクラスに転入してきたマルス。クラリスとエリーの婚約者。そしてなんとあのグレンの弟よ」

「――――っ!?　それは本当か!?」

「ええ。昨日グレンに確認をとったもの」

「なんと!?　ということはグレンと話せたのか!?」

バロンもアイクに憧れているというのがすぐに分かるほど興奮していた。

「そうよ。お酒も一緒に飲んだわ。一旦その話は置いといて、今度はあなたたち二人が自己紹介をしなさい」

二人に命令するカレン。完全にパワーバランスが確立されていた。

そしてそれは二人の間にも。バロンがドミニクにお前から自己紹介しろというジェスチャーをすると、躊躇いながらも従うドミニク。

「……ドミニク・アウグスだ。剣術が得意で、いつか極めたいと思っている」

クラリスに負けたからか、自身のことを剣聖とは言わなかった。

俺も自己紹介をしようと席を立ちかけたが、ドミニクがそれを制す。

「分かっている。マルスだろ？　あのときはすまなかった。でも俺は諦めていない。お前に負けたわけではないからな」

そう言いつつもクラリスをじっと見つめるドミニク。

「なんだ？　お前ら知り合いか？　バロン・ラインハルトだ。知っていると思うがラインハルト伯爵家嫡男でカレンの婚約者。北の勇者と呼ばれている。よろしくな」

お、意外にいい奴そうじゃん。

「俺はマルス。マルス・ブライアント。こちらこそよろしく」

バロンに差し出された手を握り固く握手をすると、授業の時間となった。


他のクラスが迷宮試験を行っている中、俺たちは学校で授業。

座学はSクラスの生徒が確定してからやるとの説明を受け、午前中は武術の授業。

基本Sクラスは午前中が武術、午後が魔法の授業と、Eクラスとは逆となっている。

「おう！　バロン！　ドミニク！　今日もたっぷりかわいがって……」

教室に響くはキュルスの声。

久しぶりにこの声を聞いてなんだかホッとしている自分にも驚いたが、それはキュルスもだったらしい。

「マルスじゃねぇか！　そうか！　オメェもようやくSクラスか！　良かったな！」

Sクラス昇級を祝ってくれるキュルス。

「ありがとうございます。こちらでもお世話になると思うのでよろしくお願いします！」

「おう！　取り敢えず今月まではこいつらと遊んでいるから、また来月からビシバシやってやるから覚悟しておけよ！　オメェら行くぞ！」

キュルスに連れていかれたバロンとドミニクの背中からは悲壮感が漂っていた。

「先生？　ちょっといいかしら？」

バロンとドミニクの後姿を見送ったカレンが挙手をすると、頷く先生。

この先生は担任ではなく、仮の担任。

担任は俺の実技試験の試験官でるロレンツという男。

迷宮試験でクラリスたちの危険を知らせに一人で三層に戻ったときに怪我をし、今は大事を取って休暇中とのこと。

「迷宮試験で連携の課題が見つかり、マルス、クラリス、エリー、ミーシャとの連携の確認を行いたいのですが」

「そうだな。迷宮試験帰りで思うところもあるだろう。他の先生たちには言っておくからやってみなさい」

よほど信用されているのか二つ返事で許可されると、五人で体育館へ向かった。

「あなたたち、連携の確認をしたいのでしょ？　私のことは放っておいて始めてちょうだい。マルス、任せたわよ」

そう言うとカレンは一人でストレッチを始めた。

やはり、カレンは前衛の連携不足を感じ取っていたのか。

「じゃあ、まずはエリーとミーシャが一緒に訓練し、お互いの実力を確かめてから話し合うか」

ミーシャがレベルアップしたとはいえ、エリーとの差は明確。

エリーが全開で戦えるようにミーシャがバックアップするのか、ミーシャの実力にエリーが合わせるのか。

はたまたその両方ができるようにするのかを、詰めるつもりだ。

「じゃあ、クラリス。クラリスはいつものように俺と剣術の訓練だな」

「ええ。よろしくね。先生」

いつか俺の心臓は爆ぜるな。

そう思えるほどに、フルスロットルで心臓が暴れ出す。

クラリスと剣を重ねていると、体育館の中をランニングしていたカレンが足を止める。

「く、クラリス？　あなた後衛の弓使いでは⁉」

迷宮試験では弓しか使っておらず、Sクラスの武術の時間は別々。

それにドミニクとの勝負を直接見ていないカレンの耳に噂が流れてきても、カレンの性格上、自身の目で見ない限りは信じないだろうからな。

「そうだけど、マルスの近くにいるには、このくらいはできないと置いて行かれちゃうから」

剣を振るうのに必死になりながらもカレンの質問に答える。

「そんな……剣を持っているなとは思ったけれども……」

カレンはしばらくその場で足を止め、俺とクラリスの訓練をじっと見つめていた。

「ふぅ。疲れたよ。ちょっと休憩していい？」

ミーシャが足を投げ出し、腰を下ろす。

「ああ。じゃあエリー。今度は俺と体術の訓練をしてくれないか？　ちょっとやってみたいことがあって、そこに蹴り技を組み込みたいんだ」

が、俺は失念していた。

ここは学校。アルメリアではない。

アルメリアでは黒いロングパンツを穿《は》いていたが、ここではスカート。

エリーの右足が俺の鼻先を掠《かす》めると、目の前には黄色の楽園が広がる。

「す、すまない！　やっぱなしで！」

こんなんじゃ訓練にならない。

「誰でもいいから知っていたら教えてほしいのだけど、この学校って女の子用のズボンとかってないのか？」

俺の意図に気づいたクラリスが顔を覗き込む。

「もしかしてマルス？　今……見た？」

「じ、事故だから……」

ここ最近、俺の運の良さが半端ない。

「もう……相変わらずなんだから。私もそれを先生に聞いたのだけれど、ないそうよ」

うわぁ……これじゃあもうエリーとの訓練は無理だな。

それに相変わらずって……まぁ否定はできないけど。

と、そこにエリーが首を傾げながら一言。

「……ん……？　問題ない……マルス……全部……見せる……」

「いや、エリーがそう言っても、俺が訓練どころじゃなくなっちゃうから」

早急に対策を立てないと寝技とか大変なことになりそうだからな。

と、そこに俺を呼ぶ男の声が。

「おーい！　マルス！　やってるか⁉」

アイクが俺たちの授業に乱入してきたのだ。

「アイク兄？　どうしたのですか？」

「ああ。俺たち【紅蓮】はクエストさえしっかりやればある程度のことは任されているからな。こうやって他のクラスの授業を覗きにきたり、リーガンの街でクエストを受けたり自由なんだよ。その代わり、イベント事や指名クエストは絶対に参加しないといけない」

まぁアイクたちは今年でもう成人。

同年代の冒険者からすれば当然のことか。

「アイク兄？　聞いていいですか？　学校にいる意味ってなんですか？　卒業できなくとも退学すれば冒険者としてやっていけるのではないでしょうか？」

「そうだな。マルスの言う通り冒険者としてやっていけるかもしれないが、Ａ級冒険者になるには顔を売る必要がある。強さで顔が売れればいいかもしれないが、そんな奴はごまんといるからな。この学校に居れば、大貴族からの指名がくる。大貴族としても同じ依頼をするのであれば、リーガン公爵と顔繋ぎのために、学校に依頼をしたほうがいいからな」

学校側にマージンを取られたとしても、将来的に考えればそっちの方がいいのか。

「マルス、今からちょっと模擬戦をやってくれないか？　去年キュルス先生にギリギリで勝てたから、もしかしたらマルスともいい勝負ができるかなと思ってな」

キュルス本人も言っていたが、やはりアイクはキュルスに勝ったのか。

「もちろん。僕も楽しみです」

お互い正対、それぞれ訓練用の得物を持つ。

剣対槍ということで恐らくは俺が不利。

筋力値もアイクに軍配が上がる。

俺が勝っているのは敏捷のみ。

しかし、アイクが下したキュルスは俺よりも敏捷値が高い。

このままやっても勝機はないが、まずは未来視《ビジョン》も風纏衣《シルフィード》も使わず様子見することに。

最初の一歩を踏み出すと同時に駆け回る。

まずは基本から。スピードでかく乱作戦。

一方でアイクはどっしりと槍を構えるに留まった。

アイクの間合いに入ると、鋭い突きが俺の肩を掠める。

速い！　さすが槍術レベル13。

しかし、その戻り際が槍の弱点！

一気にここでと思った矢先、アイクの目が鋭く光る。

ヤバい！　今いったら負ける！

その迫力にビビった俺はバックステップを踏むと、アイクが構えを解く。

「さすがマルスだな。今ので踏み込んでこないとは」

「誘い込まれたような気がして逃げただけですが」

もしかして今のでキュルスは負けたのか？

顔にそれが書いてあったのか、アイクが笑顔を見せながら、

「キュルス先生は、分かってて飛び込んできたんだよ。俺なんかの姑息《こそく》な技に負けるはずがねぇって。結果なんとか勝ったけど、あのまま硬直状態だったら勝負はつかなかったかもしれないな」

なんかキュルスらしいな。

「わ、私に稽古をつけてもらえませんか？　同じ槍使いとして教えてほしいことがたくさんありまして」

珍しくミーシャが畏まって聞くと、

「ああ。もう少し時間があるからいいぞ。あと俺のことはアイクと呼ぶように。マルスやクラリ

ス、エリーの前でグレンと呼ばれるのは恥ずかしい」
快く応じてくれるアイク。

小一時間ほどミーシャに槍術を教えると、アイクは爽やかな風を残し去っていった。

「はぁ……さっきの空間は夢みたいだったなぁ。正面にはアイクさん。そして私の隣には優しく見守ってくれる……」

食事中、喉も通らないといった感じでミーシャがため息をつく。

と、そこに傷だらけのバロンとドミニクが合流。

「くそっ！　あとちょっとであいつのニヤケ面に一太刀浴びせることができたのに！」

「確かに！　でも俺たちの連携もなかなかだったと思わないか？　このままやれば近いうちに一泡吹かせることができるかもしれないな！」

キュルスはこうやって生徒を煽るのが上手い。

あともう少しというところまで追いつめられておいて、やる気を出させる。

俺もそうやってガナルの街で自信がついたことを思い出す。

「そうだ、クラリス。今夜暇か？　食事でもどうだ？」

まるで恋人かのようにクラリスを誘うバロン。

「え？　わ、私はマルスと予定が……ね？」

「え、あ、そ、そうだな」

あまりにも自然に誘ったので驚いていると、

「ではエリーはどうだ？　エリーが好きなものをご馳走《ちそう》しよう」

次はエリーを口説くバロン。

いつものようにエリーは俺に笑顔を向け続けてくれ、バロンの言葉を無視しているが、これは許せない。

「どういうつもりだ。バロン？　クラリスとエリーは俺の婚約者だぞ？」

Sクラスに入っても序列が低いから舐められているのかと思った。

「どういうつもりも何も、普段通り接しているだけだが？」

まったく悪びれた様子もない。

近くに婚約者のカレンがいるにも拘わらずだ。

「カレンはどう思う？」

ここは唯一バロンに命令できるカレンに叱ってもらおうとしたが、出てきた言葉はあまりにも想定外のものだった。

「あら？　普通のことだと思うけれど？」

え？　どういうこと？　自分の婚約者が他の女を目の前で口説いているんだぞ？

不誠実すぎないか？

しかし、そこにはこの世界ならではの事情があった。

剣呑《けんのん》な雰囲気を察したカレンが丁寧に説明してくれる。

「ブライアント伯爵家だけが違う方針とは思わないけど、一応説明するわね。バロンのような有力貴族の跡取りは婚約者を増やせと教育を受けるの。そこまでは分かるわね？」

いや、もうそこから意味不明なのだが。

確か有力貴族には側室として婚約者があてがわれるというのは、エリーを側室にしたときクラリスから聞いてはいた。

でも男側が積極的に女性を探しにいくなんて……それも婚約者の前でなど言語道断。

「それと、バロンと婚約をしている私の家、フレスバルド公爵家からも、しっかりとした側室を迎えるようにと『命令』されているのよ？」

は？　カレン側の家からも？　カレンのことを何だと思っているんだ？

「私がバロンの正妻となり、エリーが側室として迎えられるというのが、何を意味するかというと、フレスバルド公爵家がセレアンス公爵家よりも上だということを世間に知らしめることができるのよ。だからフレスバルド公爵家としては、何としてでもエリーを手に入れるようにとラインハルト伯爵家に通達しているはずだわ。それは私たちだけではなくみんなが知っていることよ」

そんなどっちが上かだなんてことを決めるだけで……と、ふと思う。

もしかして、カレンとバロンはお互いのことが好きではないのか？

考えてみればそうだよな。

家のために仇敵《きゅうてき》に嫁ぐなんてこと、日本でもおこなわれてきたことだ。

どうやら俺の心の声が漏れていたらしい。

「私はとても運がいい方よ。家同士で決められた相手がバロンなんだもの。誰もが羨む相手……そう私は幸せなの」

最後は自身に言い聞かせるようにしていたのが印象的だった。

ということは、クラリスとエリーを誰かに奪われるかもしれないという恐怖をずっと抱きながら生活しないといけないのか？

が、ここで思わぬ者からフォローが入る。

「マルス、中には家の力を使って強引に婚約をしようとする奴もいるが、そこは安心してほしい。俺は俺の力でクラリスとエリーを振り向かせて見せる。それに二人も分かるだろう。ずっとマルスに勝ち続ける俺を見ていれば、俺の方が魅力的だと」

自信をもって語るのはバロン。

うーん。とんでもない世界だな。

今後どうするかを考えながら食堂を後にした。


午後は魔法の授業。

Sクラスで火魔法の授業を受けているのは俺とカレンだけ。

カレンを教えられる先生がいないらしく、俺が来る前はいつも一人だったとのこと。

二人で訓練をしていると、カレンが物憂げに問うてくる。

「まだ引きずっているの？」

「え？　ああ。カレンはさ、バロンで良かったといっているけど、おじいちゃんと結婚していた可能性もあるんだろ？　そのときはどうしたんだ？」

「そのときはそのときね。でもそれは私だけではない。バロンも同じ可能性があったし、私たち以外もだから」

そうか。女性側だけでなく、男性側もそのリスクはあるのか。

せめて養子であればいいかもしれないが……と、カレンと火魔法の訓練をしながら話していると、サーシャがクラリスとエリー、ミーシャを連れて、火魔法の訓練場にやってきた。

「今日からここで風魔法の訓練をするんだって」

「よろしくね。マルス」

「……風魔法……頑張る……」

「マルス、時間ができたら私にあの魔法を教えてね」

おぉ。ということはこれから午前、午後ともにクラリスたちと一緒にいられるということか。

Sクラスになって一番の収穫はこれだな。

皆が魔法の訓練をする中、カレンが俺の背に立つ。

「じゃあ、マルス。取り敢えずこの前のお礼をさせてもらうわ。《ファイアボール》を唱えてみて」

言われた通り両手を前に掲げ《ファイアボール》を発現させると、カレンが俺の背にピタリと張りつく。

え？　と思ったときには、後ろからカレンが手を回し、俺の腕を掴む。

「さ、さすがに大きいわね……でも私を信じてこのままにして……」

言われた通り、カレンに身を任せると、俺の体をカレンの魔力が駆け抜け、それが《ファイアボール》に伝わる。

次の瞬間、《ファイアボール》がゆっくりと動き出し弧を描く。

どんどん円が小さくなると思った瞬間、突然《ファイアボール》が消えてしまった。

「ちょ⁉　マルス。あなたどれだけの魔力が高いのよ。あんなに大きい《ファイアボール》を一人で動かすのは無理」

背中から離れたカレンが倒れるようにしゃがみこむ。

その顔にはうっすらと汗が滲んでいた。

「……でも初めて人の《ファイアボール》を動かせた……今まで誰のも動かせなかったのに」

ぼそりとカレンが何かを呟いたが、あまり聞き取れなかった。

「ねぇ？　今のは？　カレンが動かしていたの？」

クラリスがカレンを介抱しながら聞くと、

「ええ。フレスバルド公爵家に伝わる火魔法の訓練のやり方の一つね。相性があって難しいのだけれども、私の魔力とマルスの魔力は親和性があるみたい」

カレンが俺を見ながら話す。

確かにカレンの魔力が俺の中に駆け巡った瞬間、カレンがいつもどうやって《ファイアボール》を扱っているいのかというイメージも同時に入ってきた。

今ならやれる気がする。

「《ファイアボール》！」

炎の塊を発現させ、ある程度前進したところでゆっくりと周回させる。

一回転、二回転……お！　初めて三回転できた！

「本当は正面から向き合ってやれば、もっとうまく伝えることができるのだけれども、クラリスとエリーが怖いからそれはやめておくわ」

俺の《ファイアボール》を見ながら目を細めるカレン。

確かにそれはまずいよな。カレンも十二歳で、身長こそ百五十センチメートルそこそこくらいだが、出るところはでているからな。

取り敢えず今日はカレンのおかげでコツを掴めたので、それを手掛かりにして火魔法の訓練に励んだ。

――――放課後
「ねぇマルス？　今まで着ていた制服どうしてる？」

一通り訓練を終え、夜のリーガンへ繰り出そうとしていると、クラリスが右手を繋いでくる。

「明日にでも捨てようと思ってるけど？」

「ってことはまだ捨ててない？」

「え？　ああ。まだ部屋にあるけど……」

「じゃあさ。その制服すべて私にくれない？」

「いいけど、どうして？」

するると、俺の左隣にいるエリーに笑顔を見せながら用途を教えてくれた。

「うん。マルスのズボンを絞って、エリーのショートパンツを作ろうと思って。この制服いい生地じゃない？　だから有効活用したいんだ」

それを聞いた瞬間、俺の左隣から右隣のクラリスに飛び掛かるように抱き着くエリー。

「……クラリス……大好き！」

細い体のクラリスを思いっきり抱きしめるエリー。

「じゃあ今日は早めに解散して持ってきて。エリーと一緒に待ってるから」

その日は誰もお酒を飲まずに食事だけして寮に戻った。

ミーシャだけは飲んだと思い込み、潰れてしまったのだが。

Sクラスの門限は二十時。

十九時過ぎに女子寮の近くへ俺の制服を持って向かうと、クラリスとエリーが出迎えてくれた。

「ありがとう。これでエリーも安心して体術の訓練ができるようになるわ」

「ああ。俺からも頼む。体術の訓練をする相手がエリーしかいなくて」

「……うん！　私も……マルスだけ……」

訓練しようにもエリーが全力で戦える者など数少ない。

俺も似たようなものだが、俺の場合は得意じゃないところを伸ばしたり、自身に制限をかけたりして工夫をしているからな。

そういうのが面倒がるエリーのレベルアップにはショートパンツが必須品なのだ。

少し話をしてから解散しようとしていたとき、南の方から俺を呼ぶ声が。

「おーい！　マルス！　ちょっと待ってくれ！」

俺がこの声の主を間違えるわけがない。

アイクだ。アイクが誰かを連れてこっちに向かってきているのだ。

「良かった！　三人だけのときに会えて！」

なんとアイクが連れてきたのは女性だった。

彼女の顔には赤い縁の眼鏡がかかっていた。その眼鏡は細い線で鋭角なフォルムを描き、赤い線が綺麗な瞳を引き立てていた。

透明なレンズの裏に隠れた瞳は、知的でありながらもどこか小悪魔的な遊び心を秘めている。

背格好もクラリスと同じくらい。

誰がどう見ても美女だと認識するであろう女性が、俺を覗き込むように観察する。

「へぇ……君がマルス君ね」

吐息がかかるくらいの距離で囁かれると、クラリスとエリーが俺を引きはがす。

「あ、あなたは誰ですか？」

「あら？　あなたがクラリス。そして金髪の子がエリーね」

アイクに教えられていたのか、俺たちのことを知っていた眼鏡美女。

すると、その眼鏡美女の肩に手を置き、アイクが紹介してくれる。

「こちらはエーディン。メサリウス伯爵家長女のエーディン・アライタス。通称【人形使い《ゴーレムマスター》】と呼ばれている。【紅蓮】にも、そして俺にも欠かすことのできない人だ」

そういえば【紅蓮】にはアイクの他にも有名な人がいるとは話に聞いていたな。

にしても肩に手を置きながら紹介するなんて、よほど親密な仲なのだろう。

下手すれば将来の義姉という可能性もあるから、粗相のないようにしないとな。

「エーディンよ。エーデと呼んでくれて構わないわ。アイクがずっとマルス君のことを自分のことのように自慢していたから、どういう人か気になっていたの。これからもっと深い仲になると思うからよろしくね。マルス君」

お色気たっぷりのエーディンが眼鏡に手をかけ、改めて自己紹介を行う。

この人めっちゃ眼鏡が似合うな。

「弟のマルスです。兄がいつもお世話になっております」

俺も自己紹介を済ますと、クラリスとエリーも会釈をする。

「早くお前たち三人には紹介をしておきたくてな。後日また改めて顔を出すからその時に。エーデ、行くぞ！」

アイクに手を引かれ立ち去る眼鏡っ子先輩《エーディン》。

「綺麗な人だったわね」

それを見つめるクラリスがぽつりと漏らす。

「そうだな。でも侮れない人だとは思ったよ」

「え？　どういうこと？」

「顔を近づけてきただろう？　ドキッとしたけど、同時に俺を覗き込むような感覚がしたんだ。きっと俺を鑑定しようとしたのだと思う」

もしかしたら鑑定だけではないかもしれない。

なにしろリーガン公爵と同じような視線を感じたからな。

「アイク兄がわざわざ紹介してくれた女性だから、間違っても変な人ではないと思う。だけど二人とも気をつけてくれ。万が一ということもあるからな」

二人と警戒することを確認してから寮に戻った。

――――翌日の放課後
最近いつも一緒に過ごしている五名……俺とクラリス、エリーにミーシャ、それにカレンと魔法の訓練をしているところに、眼鏡っ子先輩がふらっと現れた。

「こんにちは。エーディン先輩」

俺に続きクラリスとエリーが挨拶を済ませると、次はカレン……というところで、眼鏡っ子先輩が先に顔を横に傾けた。

「お久しぶりです。カレン様」

「そうね。前とかなり印象が変わったように思えるけど？　なにかあったのかしら？」

どうやら二人は以前からの顔見知りのようだ、
まぁブレスバルド公爵家ほどの大貴族となると、リスター連合国の貴族は皆、社交界的な場で顔を合わせるのだろうから当然なのかもしれないが。

「はい。いい人と巡り合えたので、考えを改めることができました」

「そうね。以前までは男全員敵というような顔をして、誰に対してであろうと嫌悪感丸出しだったのにね」

へぇ……眼鏡っ子先輩ってそんな感じだったのか。

今の雰囲気からしたら想像もつかないな。

「で？　どうしたの今日は？　私に顔を見せにきたわけではないでしょう？」

腕を組み眼鏡っ子先輩に問うカレン。

「はい。そのつもりでしたが、カレン様がいらっしゃるとは思わなくて。またの機会にします」

俺にウィンクを飛ばしてから眼鏡っ子先輩が立ち去る。

「カレンはエーディン先輩を知っているのか？」

アイクが大事な人というくらいだからな。少しくらいは彼女について知っておいた方がいいだろう。

「ええ。非常に優秀な土魔法使いよ。頭もキレて容姿端麗。ここ三年、ミスリスターとしてグレンと共にリスター国立学校の顔となっているわ」

ミスリスター？　この学校ではミスコンみたいなことをしているのか。

「でも男嫌いで有名でね。取り付く島もない感じだったのだけれども、マルスとの会話を見ている限り、もう治ったようね」

眼鏡っ子先輩もいい人と巡り会えたと言っていたから、もしかしたらアイクと出会って変わったのかもしれないな。

「まぁ困ったことがあったら私に言いなさい。うちのフレスバルド公爵家とエーディンのアライタス伯爵家の間には、少なからず関係があるから」

まぁこの学校で家の力を出されたら、カレンに勝てる者などエリーしかいないだろうな。

「分かった。何かあったら相談させてもらうよ」

俺たちも訓練を終え、今日もリーガンの街で食事を摂る。

そして二月三十日、序列戦の日を迎えた――

# 第16話　序列戦

今日も朝練を終え、男子寮で一人寂しく食事を摂っていると、テーブルの左右に二つのトレイが並ぶ。

「マルス！　久しぶりだな！　でもなんかその制服、お前には似合ってないんじゃないか？」

「おお！　おはようゴン！　朝から随分なご挨拶じゃないか！」

目の前に立っていたのはゴンとカール。

二人は昨日の夕方に学校に帰ってきていたらしい。

ゴン曰く、今日までに帰ってくればよかったらしく、ゴンとカールの他にも結構な数の生徒が食堂を利用していた。

「いやぁ。みんなに頼られて困っちまってよぉ……ティアンは絶対に俺に惚れているだろ？」

迷宮での武勇伝を吹聴《ふいちょう》するゴンに、

「ゴンのどこに惚れる要素があるんだ？　声が大きいところか？　それとも泣き虫なところか？」

煽るカール。

久しぶりのノリについつい俺も楽しくなる。

「そういえば昨日帰ってきてから聞いたんだけど、マルスって今日序列戦か？」

「ああ。そうだけど？」

「頑張ってくれよな！　元同部屋の友達がリスター国立学校Ｓクラスの序列一位なんてなったら鼻が高いからな！」

背中を叩き鼓舞してくれるゴン。

「まぁそうだな。ちょっとした目標はあるんだ。せめてそこまではいけるように頑張るよ」

力強く答えると、そこに一人の男が姿を現す。

「マルス。ここいいか？」

正面に立っていたのはバロン。

その姿にゴンとカールが委縮する。

「ああ。いいよ」

俺が答える前に椅子に腰を掛けるバロン。

そのバロンの口から今日の序列戦に向けての意気込みが語られる。

「マルス。悪く思うなよ。今日のために仕上げてきた。クラリスたちの前で恥をかかせることになってしまうとは思うが、悪く思わないでくれ」

その顔からは絶対の自信がにじみ出ていた。

「俺もバロンにだけは負けられない。一つ聞かせてくれないか？　エリーを婚約者として欲しがるのは分かる。でもどうしてクラリスを？　クラリスはザルカム王国の男爵家だぞ？　わざわざバロンが家のために躍起になる必要はないいんじゃないか？」

俺の質問に笑うバロン。

「そんなのは知れていることだ。俺はクラリスが好きだからな」

やっぱりこいつには絶対に負けられないな。

そう心に誓いバロンよりも先に食堂を後にした。


「バチバチだったな！」

「女を取り合う感じでいかにも青春って感じでしたね！」

登校中、ゴンとカールが興奮気味に話す。

ちなみにEクラスの正式な授業は明日からだが、二人は自主的に学校に登校するとのこと。

それは二人だけではなく、他の生徒たちもだ。

「にしてもあの北の勇者を目の前で見られるとはな」

「ああ、グレンに続いてバロンも憧れではあるからな」

へぇ。バロンもカリスマ性があるのか。

「なぁ。バロンって四大魔法すべて使えたりするのか？」

カレンが言っていた言葉が気になって聞いてみる。

「知らなかったのか？　四大魔法すべて使えて、土魔法に関しては【紅蓮】の人形使い《ゴーレムマスター》に匹敵すると言われているんだ！　剣術の実力も一流！　顔も文句なしときたもんだ！　マルスの相手にとって不足はなしってところだな！」

人形使い《ゴーレムマスター》に匹敵って眼鏡っ子先輩のことかぁ。

あのとき鑑定させてもらえばよかったな。

そう思いながら教室につくと、そこには生徒の他にも、Sクラスの担任のロレンツ、副担任のサーシャとキュルスの姿があった。

「よし！　全員揃ったな！　闘技場に行くぞ！」

俺が席に座る間もなく、ロレンツが移動を始める。


闘技場は一年生の校舎から歩いて数十分のところにあった。

収容人数はおよそ五千人くらい。

VIP席や選手控室、医務室などもありかなり本格的で、自然と気合も入る。

「序列戦は下位の者から上位の者に挑戦することとなる！　下位の者が勝ったら入れ替わり、また一つ上の序列の者と戦う権利を得られる！　やっていくうちに分かると思うから説明は以上！　質問がある者は挙手をしろ！」

手を挙げたのは俺だけだった。

「よし。マルス。いいぞ」

「はい。勝利条件はなんですか？　あと武器は訓練用の物でいいのですよね？」

さすがに殺すまで戦うなんてことはないだろうが、念のためにな。

「得物は自身の装備品を使ってもいいぞ。勝敗は俺たち教師が決めるが、重傷を負わせるな。今日はリーガン公爵のお抱えの神聖魔法使いに来てもらっているが、油断はしないように」

やっぱり公爵ともなると、お抱えの神聖魔法使いの一人や二人はいるのか。

神聖魔法使いがいるのであれば、ある程度のことは大丈夫だろう。

「よし！　もう質問がないようなので早速始める！　まずは序列七位のマルス、そして六位のクラリス！　前へ！」

ロレンツに呼ばれ、二人で前に出るが、クラリスが一言。

「先生。不戦敗でもよろしいでしょうか？　認められないのであれば形式上は戦いますが……」

「……まぁそうか。いいだろう！　ではマルス、次は序列五位のミーシャだ！」

が、ミーシャも不戦敗を申告。

何もせずとも序列七位から五位に上がることができた。

「ドミニクはどうだ？」

ロレンツが序列四位のドミニクに問うと、

「やります！　俺はここでマルスに勝って、必ず振り向かせて見せる！」

まっすぐにクラリスを見つめるドミニク。

「おう！　その女たらしの鼻を明かしてやれ！」

どうやらキュルスはドミニクの方についたようだ。

しかし、ここは負けられない。

絶対に俺に敵わないと納得させる勝ち方が求められている。

剣を構え正対すると、今日初めての模擬戦の合図が響く。

「はじめ！」

ロレンツの言葉と同時に迫るドミニク。

「うぉぉぉおおお！！！」

荒々しい声とは真逆の綺麗な剣筋。

その剣技を見るだけで、いかに剣に対して真摯《しんし》に接してきたかが分かる。

だがそれでも《風纏衣《シルフィード》》を展開する俺には届かない。

このまま躱し続けて疲れたところを仕留めるというのも考えた。

でもそれは失礼だよな。

そう思った俺は柄に力を込め、全力でドミニクの剣を弾き飛ばす。

結果、ドミニクの剣が観客席まで飛ぶと、ドミニクはその場で膝をつく。

「勝者！　マルス！」

ロレンツの声が静寂を破ると、

「くそ！　まだ足りないのか！」

まだその瞳の炎は消えていなかった。

クラリスたちに祝福されながら戻ると、またも俺に声がかかる。

「次もマルス！　そして相手はエリーだ！　前にでてこい！」

が、ここでも俺は不戦勝。

まぁそんな気はしていたんだけどね。

そしてついに序列二位をかけてバロンと対峙する。

「ドミニクを負かすなんて相当な剣の腕前だな。お互い正々堂々とやろう」

いつものように自信満々のバロン。

「ああ。分かってる」

少し距離を置いたところでロレンツの開始の合図。

「始め！」

開始の合図と共にバロンの鑑定。

【名前】バロン・ラインハルト
【称号】－
【身分】人族・ラインハルト伯爵家嫡男
【状態】良好
【年齢】十二歳
【レベル】26
【HP】163／163
【MP】201／241
【筋力】60　【敏捷】63

【魔力】61　【器用】58
【耐久】60　【運】5
【特殊能力】剣術　C（Lv7／15）
【特殊能力】火魔法　D（Lv4／13）
【特殊能力】水魔法　D（Lv3／13）
【特殊能力】土魔法　C（Lv7／15）
【特殊能力】風魔法　E（Lv2／11）
【装備】ミスリル銀の剣
【装備】土精霊の法衣《ノームローブ》

これが北の勇者か。

完全にオールラウンダーというステータス。

四大魔法を器用に使いこなすためか、男にしては器用値が高い。

だが俺もどちらかというとオールラウンダータイプ。

絶対に負けられないと思っているところにバロンの魔法が飛んでくる。

「《ウィンド》！」

「《アースバレット》！」

「《アイスアロー》！」

「《ファイアアロー》！」

見せびらかすようにすべての属性を放つバロン。

であれば、俺も見せつけるまで！

迫り来る魔法を火精霊の剣《サラマンダーソード》ですべて斬る。

「ま、魔法を斬るだと？　それも俺の……ってことは魔力が俺以上……もしくは剣術レベルが王クラスということか？　この歳で？　そんなバカな……」

すべての魔法を斬り捨てると、バロンが力なく項垂れる。

バロンは自信家だがバカではないらしい。

「……俺が三位だと？」

俺に対して有効な攻撃手段がないと悟ったバロンはすぐに負けを認めた。

ロレンツもまさか俺が勝つとは思っていなかったらしく、勝者のコールはなかった。

そのまま皆のもとへ戻ろうとすると、カレンが俺を呼び止める。

「マルス。私と一位をかけて勝負しなさい」

やる気になっているカレン。

しかし、俺は一位にだけはなりたくない。

目立ちたくないのだ。

「いや、一位はカレンが相応《ふさわ》しい。俺はこのまま……」

断ろうとすると、皆がそれを否定する。

「ダメよ！　そんな一位は嬉しくない！」

「オメェが勝ったバロンやドミニクのことも考えろ！」

「マルス。諦めなさい」

確かにバロンやドミニクのことを考えるのであれば、ここは戦った方がいいのかもしれない。

でもやりすぎるとなぁ……。

頭を抱え悩んでいるところに、クラリスからこんな声があがる。

「今のマルスも好きだけど、一位のマルスはもっと好きになる気がするなぁ」

こんなん言われたらやるしかないだろ！

「分かった。でもカレンに剣を向けたくはない。だからカレンの攻撃を凌げば俺の勝ちでいいか？」

「ええ。なんだったら一つの魔法だけでもいいわよ。私はマルスの後の試合が本番だと思っているから」

俺の後？　バロンと戦うというのか？

そんな疑問もすぐに試合開始の声と共に消え去る。

「じゃあ行くわよ」

カレンは迷宮試験で見せた魔法を唱えた。

しかし、迷宮試験のときと違う点が一つある。

それは今回、火精霊の杖《サラマンダーロッド》の先端から魔法を発現させようとしていることだ。

カレンの体内から杖に魔力が伝わっていくのが視える。

「もしも対処できないと思ったらすぐに逃げなさい！　《フレア》！」

火精霊の杖《サラマンダーロッド》から放たれた炎はまるで太陽のような眩しさ。

灼熱《しゃくねつ》の空気と共に唸《うな》り声をあげてゆっくり近づいてくる《フレア》。

ゆっくりなのはもしものとき、俺が逃げやすいようにだろう。

が、今の俺に逃げるという選択肢はない。

《風纏衣《シルフィード》》と未来視《ビジョン》を発動し、《フレア》の下から火精霊の剣《サラマンダーソード》でカチあげると同時に、使う魔法はいつものこれ！

（《ウィンドインパルス》！）

火精霊の剣《サラマンダーソード》に弾かれた《フレア》は天高く舞い上がり、虚空に消えた。

「おいおい……嘘だろ？　迷宮試験の《フレア》の比じゃなかったぞ？」

キュルスを筆頭に、ロレンツ、バロン、ドミニク、そしてサーシャまでもが絶句していた。

「ふふふ。私の完敗ね。これでもうあなたに挑戦しようと思う者はいないでしょう」

まさかカレンはこれを狙って⁉

「勝者！　マルス！　今年の一年Sクラスの序列一位はマルスに決定！」

その瞬間、クラリスとエリー、ミーシャが大喜びで俺のもとへ駆け寄ってくる。

「どうなるかと思ったけど、やっぱり真剣な表情のマルスが好き！」

「……良かった……マルス……一位……」

「ねぇ⁉　最後のどうやったの⁉　今度ちゃんと教えてよね！」

四人で喜んでいるところにロレンツが次の序列戦を始める。

「クラリス。六位のミーシャに挑む気はあるか？」

その声を聞いたクラリスが真剣な表情に変わる。

「はい！　マルスが一位なのであれば、私は二位を目指します！」

それを聞いたミーシャが、不戦敗を申し出ると、ドミニクも一言。

「少しは成長した姿を見せたかったが、まだ届かないと思う。俺も不戦敗で」

エリーもクラリスとは戦いたくないとのことで、一戦もせずに四位まで上がる。

「さすがにこれほどまでの美女に俺が負けるはずが……」

とまたも自信たっぷりな態度でクラリスと戦うが、魔法の弓矢《マジックアロー》の前には手も足も出ず、秒で負けるバロン。

「……俺が四位だと？」

そしてクラリスとカレンの序列二位決定戦。

「クラリス？　私欲しいものがあるの。私が勝ったら……いえ、何でもないわ」

何かを言いかけたが、飲み込むカレン。

「何が言いたいのかは分からないけど、私にも絶対に譲れないものがあるの！」

と、言いながら一定の距離を取り、開始の合図を待つ二人。

「うわぁ……バチバチだよ……どうなっちゃうんだろう？」

ミーシャがソワソワしている一方で、エリーはじっとクラリスを見つめる。

「始め！」

試合を優勢に進めるのはやはりクラリス。

魔法の弓矢《マジックアロー》でカレンの《ファイア》を相殺しながら射続ける。

カレンも《フレア》を撃ちたいようだが、その暇を与えてもらえない。

おかしい……心なしか魔法の弓矢《マジックアロー》の連射能力がいつもよりも遅い。

間違いなくクラリスが完封できると思うのだが……。

と、思っているとさらに魔法の弓矢《マジックアロー》の回転率が落ちた。

カレンもそれに気づいたのか、唐突に先ほどと同じ魔法を唱える。

「どうやらこれがご所望のようね！　さっきのよりは遅くしておくから逃げなさい！　《フレア》！」

クラリスの狙いがようやく分かった。

ここでクラリスも格付けを済ませようとしているのだ。

結果は未来視《ビジョン》を使わなくても分かる。

「《結界《バリア》》！」

その魔法は俺の雷魔法も楽に弾く。

当然カレンの《フレア》も例外ではない。

「な、何が起きたの……？」

《結界《バリア》》に弾かれた《フレア》を見上げながら戸惑うカレン。

「カレン、最後に魅了眼で私を束縛してみて」

近づいてくるクラリスをカレンの眼が捉えるが、クラリスは歩みを止めることはなかった。

「まさか⁉　えぅ⁉　だって……？」

クラリスが装備する聖女の法衣《セイントローブ》は状態異常無効だからクラリスに効くことはない。

しかし装備をしていなくても結果は変わらない。

クラリスの魔力の方が上なのだから。

「あ、あなたたち……二人揃って何者なのよ……？」

いまだ困惑するカレンをよそにロレンツが序列戦を進める。

結局ミーシャは一度も序列戦で戦うことなく七位でフィニッシュ。

自信を喪失しているドミニクには勝てそうな気もするが、ミーシャはお互い万全なときにやろうと言い、ドミニクもこれを承諾。

そのドミニクも今日は自分の日ではないとのことで、六位で終わることに。

そして現在五位のエリー。

ロレンツに序列戦をやるかと聞かれ、

「はい」

と、即答する。

「……マルス……一位……クラリス……二位……私三位……！」

拳を作り気合を入れるエリー。

あまりエリーがこういう姿を見せないから新鮮だ。

「いくら金獅子……」

バロンが喋れたのはこれだけ。

あっという間にエリーに距離を詰められ、風の短剣《シルフダガー》を首元に突きつけられ勝負あり。

「……まさか俺が……」

最後に何かを言おうとしたが、思いとどまるバロン。

フラグか何かかと思ったのだろう。

自信家だがバカではないらしい。

「では次はエリーとカレンだ。両者前へ」

これが最終戦。

「エリー？　さすがにあなたに勝てる要素はないと思うのだけれども……？」

普通に考えればカレンの言う通りカレンに軍配が上がるだろう。

しかし、エリーには魔法使い殺しとも思われる武器がある。

「……私……勝つ……」

自身を鼓舞するように何度も「勝つ」と繰り返すエリー。

「始め！」

勝負は一瞬だった。

「ファイ……」

カレンが魔法を唱えようとした瞬間、エリーの口が早く動く。

「《沈黙《サイレント》》」

その瞬間、カレンの声が奪われた。

突然声を失ったカレンはパニックになり、何度も魔法を唱えようとするも、肝心の声がでない。

声が出るようになったときには、エリーの接近を許し、万事休す。

「私の負けよ……バロンではないけど、私が四位になるとは……」

自嘲《じちょう》気味に空笑いをするカレン。

と、そこにミーシャがカレンの肩を叩き励ます。

「しょうがないよ！　だって二人はずっとマルスと一緒なんだもん！　でもこれからは私たちもマルスと一緒に訓練できるんだからチャンスはあるよ！　頑張ろう！」

「まさかミーシャに励まされるとはね。でもミーシャの言う通り。前を向くしかないわね」

こうして序列戦は終わりを迎えた。

乗せられて一位になるとは思ってても見なかったが、クラリスがあれだけ喜ぶ姿を見られたから満足だ。


その日の夜、Sクラスとサーシャを含めた八人でリーガンの街で親睦会をした後に、俺とクラリス、エリーの三人で夜の学校を歩く。

カレン、バロン、ドミニクは先に帰り傷ついた心を癒し、ミーシャはまたも一滴も飲まずに酔いつぶれ、サーシャに連れていかれた。

「マルス、ごめんね。一位になってなんて言って。でもマルスには一位になってもらいたくて」

クラリスが急に走り出し、振り向いて足を止める。

「いや、久しぶりにクラリスとエリーがあそこまで喜ぶ姿を見られたから良かったよ」

魔石灯をバックに笑顔を見せるクラリスにゆっくり近づく。

「うん。私も嬉しかった。ねぇ？　ちょっとさ、眩しくない？　目を閉じてよ」

確かに魔石灯の光は強いが、俺の眼はそんなやわにできていない。

が、エリーも閉じろと言ってくるので、目を閉じる。

「絶対に開けちゃダメなんだからね！」

静寂が包み込む中、呼吸を繰り返す音と共に、ゆっくりと近づいてくる足音。

空気が微かに揺れると、ふんわりとした芳醇《ほうじゅん》な香りに刺激される鼻腔《びこう》。

目を開けなくてもそこにクラリスがいると肌で感じ、心が高鳴る。

そして、クラリスの足音が目の前で止まる。

クラリスの甘い吐息が鼻にかかった次の瞬間、俺の唇に柔らかい何かが触れた。

前世含めて三十二年。初めての感覚に思わず目を開く。

すると、そこには顔を真っ赤に染め、恥じらいながらも目を閉じ、口づけをするクラリスが。

そのキス顔はまるで天使……いや、女神のようだった。

このままずっと時が止まってくれればいいのにと思った矢先、ふいにクラリスが目を開けると、

「目を開けないで言ったのに！」

俺の体を突き飛ばしながら離れるクラリス。

「……クラリス……かわいかった……次……私……」

ずっと俺とクラリスのキスを見ていたエリーが正面に立ち、俺の唇を吸うようにキスをする。

「……へへへ……二番……上書き成功……」

エリーが照れた姿は新鮮。

「ちょっと！　ずるい！　じゃあこれはペンダントのお礼！」

クラリスの唇が触れると、

「……序列一位……お祝い……」

またもエリーがキスをしてくれそうになるが、クラリスがエリーの手を引っ張り、それを阻止する。

「ま、マルス。また明日ね」

逃げるように女子寮へ帰るクラリスに、引きずられるエリー。

夢のような空間にいつまでも突っ立っていた俺は、この世界に来てから初めて風邪《かぜ》を引いた。

――――三月一日
風邪は引いたが、《キュア》ですぐに治すことができる俺。

が、お医者さまでも草津の湯でも治らない病を患ってしまった。かなり前からなんだけどね。

昨日の感触がまだ唇に残っている中、朝練を行う。

いつもと違い、クラリスはどこかよそよそしい。

しかし、それは俺もだった。

照れくさくて声をかけられずにいると、

「ねぇ？　クラリスと喧嘩《けんか》でもした？」

今日も元気に暴走魔法で吹っ飛んだミーシャに問われる。

「キスでもしたんじゃないの？」

今日から一緒に朝練をこなすカレンが揶揄う。

「そ、そんなんじゃないんだから！」

それを聞いたクラリスが否定をするが、自然と指が唇に触れていた。

「え？　図星⁉」

皆の追及に耐えられなくなったクラリスは逃亡し、俺に集中砲火。

俺が誤魔化せるわけなく、結局は初キスがカレンとミーシャにもバレてしまった。


「さて、今日からSクラスに新たな仲間が加わる。入ってこい」

朝のホームルーム的な時間にロレンツが三人の生徒を連れてきた。

序列戦が終わったばかりでタイミングが悪いな。

「自己紹介をしてくれ。まずはヨハンから」

ロレンツに促されると、迷宮試験中に会った、ダークグレーの髪をした男が前に出る。

「ヨハンです。分からないことだらけなので、色々教えてください」

簡単に済ませると、次はちっちゃい坊主の男。

迷宮試験で会ったときも顔色が悪かったが、今もあまり調子が良くなさそうだ。

「ヨーゼフ。ごほっごほっ。よろしく」

咳き込むヨーゼフの背中をヨハンが心配そうにさする。

「ヨーゼフ。これが終わったら医務室に行け。次、ミネルバ」

ロレンツに呼ばれて前に出てきたのは二つ縛りの女の子。

「ミネルバです。よろしくお願いしますね」

声からかなりの元気印という印象だが、気になるのは腰に巻いている鎖。

何に使うのだろうか？

「最後に。マルス、お前の好きな色はなんだ？　制服の色を変更する」

制服の色？　ああ、Sクラスは序列一位が決められるんだっけ？

「特にはないです。このままでも……」

あえて言うなら銀……かな？　クラリスの艶やかな銀色の髪の毛はいつまでも見ていたい。

いや、でもピンクも……そんなことを思っていると、珍しくエリーが発言する。

「ダメ！　金！　金色！」

金？　ああ、俺の髪の毛の色か。

すると、クラリス、ミーシャ、そしてカレンからもこんな声が。

「そうね。マルスのイメージカラーとしては金ね！」

「うん！　私も賛成！」

「Sクラスらしい色ではあるわね」

ほかの皆も賛成のようだ。

「みんながそれでいいというのであれば、金でもいいですが……」

「わかった！　大至急仕立てる！　ではいつも通り武術の授業から！　ヨーゼフは医務室だ！」

ロレンツが皆に命じると、

「ロレンツ先生。僕も付き添いで医務室に行かせてください」

ヨハンが咳き込むヨーゼフに寄り添う。

「……まぁいいだろう！」

ヨハンとヨーゼフの二人を残して武術の授業へ向かった。

「おう！　マルス！　今日はオメェからだ！」

体育館に着くと、待ってましたとばかりにキュルスが木剣の剣先を俺に向ける。

「分かりました！　よろしくお願いします！」

両手に握った二本の剣を前に構えると、キュルスが顔をしかめる。

「あん？　オメェ舐めてんのか？　双剣でもない剣を扱おうなんて？」

双剣？　そんなものもあるのか。

「僕なりに出した答えです！　これでやらさせてもらいます！」

「小細工に頼りやがって！」

そう吐き捨てると、キュルスが鋭い一歩を踏み出す。

その勢いのまま駆け、空を切り裂くような速さで木剣が舞う。

疾い！　だが、反応できる！

今までは見えてはいたものの、反応が遅れて後手後手に回ってしまっていた。

しかし、今は反応ができる！

勝負は一瞬だった。

キュルスの全力の一撃を右手に握る剣で弾き返す。

今まで力負けしていたが、レベルが上がった俺とキュルスの筋力差は極僅か。

若干態勢を崩されながらも、左手に持つ木剣がキュルスの首筋でピタリと止まった。

「……ま、マジかよ……」

キュルスの顔に一筋の汗が流れる。

次の瞬間、手を合わせ、祈るようなポーズを取っていたクラリスたちが喜びを爆発させた。

「絶対にマルスなら勝つと信じてた！！」

「……マルス……一番……似合う……！」

「ありがとう！　今回は不意打ちのような形になったけど、もっと訓練を重ねたい！　二人にも協力してもらうと思うからよろしく頼む！」

　クラリス、エリーを始め、カレン、ミーシャ、それにバロンとドミニク、ミネルバにも祝福されていると、

「おい！　次は負けねぇから剣を取れ！」

　そう言うキュルスの表情からは悔しいという気持ちの中にも、嬉しいという感情も含まれているのが感じ取れた。

――――放課後

「ねぇ、マルス。貰ったズボンを裁縫したからエリーと体術の訓練をしても大丈夫よ？」

　訓練場へ向かう途中、隣を歩くクラリスが、俺の反対側を歩くエリーを見やる。

「おお！　じゃあ今日からよろしくな！」

　これで剣を二本持ちながら蹴り技を繰り出す訓練もできるな！

　それにキュルスからスキルの使い方も教わった。

　スキルのクールタイムは装備品の価値に依存するとのこと。

　俺の持つ火精霊の剣《サラマンダーソード》は、キュルスが装備している水精霊の剣《ウィンディーネソード》と同じくクールタイムは五分。

　使えるスキルも武器やそれに対応したレベルで変わってくるという。

　その辺りに関しては、後日キュルスが教えてくれるという。

「あとさ、新しい制服もらったら、今着ているのをまた貰っていい？　いっぱい作れるから」

「ああ、貰ったらすぐに渡すよ。そういえば俺の法衣はどうしたんだ？」

ズボンの使用用途は分かったが、法衣はどうしたのだろうか？

雑巾にでもしたのかなと、軽い気持ちで聞いてみたが、

「え？　あ、あれ？　何にしたっけなぁ……」

クラリスの視線が宙を泳ぐ。まぁ雑巾にしたのであれば言いづらいだろうしな。

この表情を見られただけでも満足……と、思っているとエリーが悪びれもなく答える。

「……ん……？　抱き枕……クラリス……私……挟む……」

「ちょ!?　エリー!?　何を言っているの!?　そんなことしているわけ……」

慌てて弁明するが、

「……じゃあ……今日から……私ひとり占め……ふふふ……」

「ダメよ！　マルスの匂いがするから二人で大事に使おうって……あっ!?」

エリーに乗せられ墓穴を掘ると、クラリスは逃亡するように訓練場へ向かった。

「これが新しい制服だ！　今からこれに着替えるように！」

新しい制服が手元についたのは、翌日の午後。魔法の授業中だった。

あまりにも早くてビックリしたが、Ｓクラスは学校の顔。

最優先で仕立てたという。

「やっぱりマルスにはこの色がしっくりくるわね」

金色の刺繍が入った制服に袖を通すと、クラリスが俺の襟を直しながら褒めてくれる。

「ありがとう。クラリスも似合っているよ。なんか……こう……神々しくなったというか……」

光の当たり方によって煌めく金糸が、クラリスの顔を一層引き立てているのだ。

「あ、ありがとう……金が似合うって言ってくれて嬉しい……」

ポッと頬を染めるクラリス。

「二人とも？　一応授業中ではあるのよ？」

同じく新しい制服に包まれたカレンが呆れた顔で注意をしてくると、

「本当だよ！　すぐに二人の世界に入るんだから！」

ミーシャもカレンに続く。

そしてさらにエリーが一言。

「……いつものこと……そのうち慣れる……」

「そ、そんなことないわよ！　授業に戻るわよ！」

集中放火されていたたまれなくなったのか、クラリスは一人体育館の隅で風魔法の練習に耽《ふけ》る。

「ねぇ！　それより見てよマルス！　すっごく上手になったんだから！」

そう言いながら自身に《ウィンド》を当て吹っ飛ぶのはミーシャ。

魔法の授業中のみならず、朝練でも《風纏衣《シルフィード》》の訓練をしているのだが、上達するのは何故か暴走魔法。

今ではある程度思うところに吹っ飛んでいくことができるようになっていた。

「へぇ。面白い魔法だね。今度僕もやってみようかな？」

ミーシャの暴走魔法に興味を示したのは、新たに昇級してきたヨハン。笑みを浮かべながら俺の隣に立つ。

「面白いのはミーシャの魔法ではなく、ヨハン、あなたの魔法の方よ。あのマネキンに向かって《カマイタチ》を放ってくれないかしら？」

サーシャがヨハンに魔法のリクエストをすると、

「もちろんです。僕はこの魔法のおかげでSクラスに昇級できたようなものですから」

ヨハンは両手を前に掲げ、魔力を手に集中させる。

「《カマイタチ》！」

発声と共に、風の刃が四方から襲い掛かりマネキンを切り刻む。

「な……!?　この魔法!?　回避不能じゃない!?」

口を押さえ驚くのはカレン。他の皆も驚く中、ヨハンが滑らかに言葉を紡ぐ。

「風魔法は威力が低いからね。僕の魔力もあまり高くないからどうにかして威力を高めようと思って試行錯誤した結果、この魔法が完成したんだ」

言うのは簡単だが、実際これを発現させるのは相当な努力を要したはずだ。

「凄い魔法だな。今度俺教えてくれないか？」

「いいけどマルス君は剣士で火魔法使いだよね？　もしかして風魔法も使えるのかい？」

やべ……墓穴を掘った……と、そこに隅で訓練していたクラリスが、

「今のは私に教えてってことよね」

機転を利かせてフォローしてくれる。

「そ、そう。その通り。クラリスは同じパーティに入ってもらう予定だから是非ね」

慌てて乗っかると、

「クラリスさんに⁉　いいのかい⁉　僕みたいな者が教えて？」

嬉しそうに鼻の穴を膨らませるヨハン。

「もちろんよ。でも後学のためにマルスも一緒にいいかしら？　マルスも風魔法が使えるようになるかもしれないし」

「当然だよ！　じゃあ早速始めよう！」

「ああ、よろしくな、ヨハン」

「よろしくね、ヨハン」

ヨハンと握手を交わすと、クラリスも続く。俺とクラリス、ヨハンの風魔法の練習は授業中だけでなく、放課後まで及んだ。


まだお互い知らなかったんだ。

探し人が目の前にいたということを――

本書に対するご意見、ご感想をお寄せください。

あて先

〒162-8540 東京都新宿区東五軒町3-28
双葉社　モンスター文庫編集部
「けん先生」係／「竹花ノート先生」係
もしくは monster@futabasha.co.jp まで

ノベルス

# 転生《てんせい》したら才能《さいのう》があった件《けん》～異世《いせ》界《かい》行《い》っても努力《どりょく》する～③

2024年4月1日　第1刷発行

著　者　けん

発行者　島野浩二

発行所　株式会社双葉社
〒162-8540　東京都新宿区東五軒町3番28号
［電話］03-5261-4818（営業）　03-5261-4851（編集）
http://www.futabasha.co.jp/（双葉社の書籍・コミック・ムックが買えます）

印刷・製本所　三晃印刷株式会社



［電話］03-5261-4822（製作部）
ISBN 978-4-575-24733-6 C0093